山水相对论

李郁葱 —— 著

长江出版传媒

长江文艺出版社

李郁葱，1971年6月出生于余姚，中国作家协会会员，现居杭州。1990年前后开始创作，文字见于各类杂志。《山水相对论》列入浙江文化艺术基金资助项目，杭州市委宣传部、杭州市文学艺术界联合会重点扶持项目。

目　录

第二辑　山水相对论

第三辑　怆然集

第四辑　佳节

天真和经验之歌

但唤起它，陶醉它
像忠诚之犬的嬉戏：
夏日有一个时间的尺度，
像是镜中，他对自己有一个坡度

麦片开始跳舞的早上

散发着草的芳香，那一段段睡眠
像是一种磨损，带着夜晚的卷舌音

它让这身体醒来，让风醒来
如果一个人可以变得更重

或者更轻，一个早上的懵懂者
在晨光中唱着自己的衰老经

而麦片在，当它们背叛了田野
被收割者倾注着灵魂，它们用什么果腹？

那是大地的精英？当它们赤身裸体
它们用遥远的思念树立了祈祷

但大地就在眼前：如果一个人
把普通话说得乡音弥漫，乡音，他的亮处

也是他肺腑里的阴暗，像钢铁
嫁接给了云朵的轻盈，我们歌颂大炮和坦克

如果我们同样歌颂鲜花和女人

如果我们把做爱当作命运的窄门

我看到这无力的黎明，那是尘埃
压低了的窃窃私语，而麦片在沸水中复活

它触摸我们的饥饿，在度过饱满的夜晚后
它用更年期的燥热回应了青春：用寂静

去打扰喧嚣的耳朵，让耳朵能够沉默
而我们的嘴巴开始吞下说出的谎言

有一天，我们拥有这秩序，也拥有这空白
我们交出祈祷，我们交出睡眠，我们活着

2015.9.23-9.24

早起读微信有感

总归会淡去，那些经验和天真的承诺
他们说的并不是让你相信
但他们说了，在睡梦里跳起炫技的华尔兹

在你相信和并不相信的边缘，
他们，这些面目模糊、口齿清晰的人
在你的时间里他们随意地进出

并不需要你的同意，假如树起了
一个标杆：那阴影晃动如望远镜
计算遗忘的重量？放在身体那一边

那通往暗中时间的桥梁，
被遮蔽在成片的书写中：那些照片，那些字句
那些空隙里吹过来的沉重的风

它们抓住了你，它们并没有抓住你：
它们，在孤独针尖上那成吨的地心引力
弯曲成彩虹。你的脸庞也被隐藏

放一个苹果在柿子里

我们采摘了一塑料袋的野柿
像是把郊野带回了家，采摘下
田园的宁静？包括那飞翔的鹭鸟
在它向下俯冲的锐利里
它获得了一段生活：它还在飞

这野柿，挑在枝丫上
每一枚都对应过去的日子吗？
在被微风荡漾的每一个瞬间
如今它脱落，被我们收集
但它依然是硬的，像是在深思熟虑中

我们依然不能消化的消息
平静尚需时日，我们张大了嘴巴
在不出声中等待，如它
用苦涩对抗我们贪婪的欲望，它
缩在风中，一段静止，像是蜿蜒的河道

傍晚时，它们躺在水果盘中
生涩、寂寞，虽然它们抱成了团
像是被移植了的梦境，
当鹭鸟飞起，是哪一条鱼脱离了水？

他们说，不相干的东西能加速它的成熟

比如香蕉，或者苹果：男性
勃起的符号，还是夏娃的诱惑？
放一个苹果在柿子里
被批量的柔软，这些孤独的心
魅惑于这简单的技巧，它们争先恐后地熟去

仅仅一夜之间，它们
软得那么疯狂：像是被喧嚣所打扰的
如果削去那么多时间形成的耐心
我把它掰成心的形状
我吃下它，在身体里保持着它的阴影

微 醺
——给立平兄弟

那是夜色和今天，在微微划过的寒风中
那是我们对饮时的身影：
城之西，水之源，岁月的小点心
我听到天命还有五寸那么远，
兄弟，你已经不再困惑

我习惯于一个舒服的姿态
喝，那是打开我自己的钥匙
一点点的醉，一点点的火，怎么样的焦虑
舔着我：生命的熊熊之火
如果它烧着了我的冰凉？

多么美妙的想法在这一年的末梢
儿女都已高过了我们，而时间
它有琥珀般的壮志，但它伶仃的锁骨
那滑落时的愉悦：如果打开这一页
我们保持怎么样的速度去阅读？

那是小小的理智之风，
递过来的杯，我有偶尔的羞怯
有斟酌时的剔透：那杯子

映着一个迟钝之人的妙语，如同
一座被打开的庭院，恰有风吹

2015. 11. 13

当美妙的想法始于我们

美妙的想法始于我们的虚无
一场并不彻底的旅行
这一年的年末，从纷繁的世事中抽出身
世事，像是这冥寂山谷中鸟鸣的插入
它们那么轻盈，又那么迟钝

我推迟了这个秋季的缤纷，
在被雪封住之前，山道的泥泞
意味着被耽搁的方向
那些离开的人，那些从远处过来的人
始于这景色的喧嚣和蔓延

是什么塑造了这样的视野？当
寒冷的风，和我们被惦记着的远方
如果那些石头垒砌在
我们之间，那些高高的墙和无边的天
我只是看到了其中的一部分

另一条路不是我的选择，
另一种风景不会向我展开，正如一种低语
在她慵懒时候说出，不会
有那种久别重逢的欣喜。我们

如果理解了平淡是一种更深的颜色

那些落叶如果回到了树上
像鸟儿一样唠叨，那些果实
如果重新变成了花，它肯定有
我们不会知晓的忧伤——
但这些想法，它早已深深占据了我

几乎是那早起的雾

湖边的晚餐中，我们讲了点鬼故事
在夜色里并不能看得很远，
如果自己吓唬自己，我们害怕那些未知的
但风刮着，像是起了小小的漩涡
它压着眼睑。而我睡下，并没有梦
鬼没有来，夜色压着我，是一个薄薄的负担
那些我们生活中并不在的事物
我们习以为常地说起，仿佛它真的存在
当那些孤独的事物划过湖面，像是夜鸟
轻微的鸣叫，它比这湖面高上那么一点
也比这湖水清澈一些，它在我的睡梦之外
因微弱的响动而变得寂静，我听到这寂静的心
在酒席的喧哗和我们狂躁的视野间
它滑落犹如那间隙中的弹奏，
是什么会不邀而至？我们
为什么而发虚？在近乎虚度的夜晚
我们的梦能否变得平稳？
把自己都不知道的秘密流露出来
像是野兽低低的吼叫，那是我们感到了危险
在一场无意识的梦中被追赶
几乎是那早起的雾，几乎是那些人

2015. 9. 2

醉后书

那些烧着我身体的，是水？

还是粮食？是那么多的饥渴吗？

如果黑暗席卷，它会分泌出更多的快乐？

我不是我，或者更加是自己：

挣脱出了肉体的累赘，还是我

被另一个空间任性地释放？

但醒来，那么大面积的空虚是什么？

是什么横亘于我体内的某处

那么粗野、狂暴，像是在街道上蹲着的

夜：如果热情短促而时光虚无

我的言辞能够抵达一年的深度吗？

醉，那么辽阔着的醉；醒，那么

浓缩着的醒。当醒和醉如此紧密

像我们耗尽了氧气的吻

终究，我们成为独立的个体，

带着淡淡的迷茫，生活是一种能力

独自醒来的早晨，睁开眼

每一个醒都是独自的

疲乏的躯体，藏着什么样的魂？

当我看到多么熟悉的场景：

阳光、树、汽车、一幢连着一幢的房屋

以及那些走动着的寂静的人

直到他们无意识的声音把我从夏天拉回

我有小小的战栗，却与此无关

2016. 8. 18

拔牙记

无用之物。钳子轻轻的敲击
有着空洞的回音，它并不带来记忆
正如它从无咀嚼的经验
在我年岁渐长之时，它是一个礼物
仿佛标志着一种人生智慧的抵达
但那么多年，在懵懂和明白之间
它耗尽了耐心：另一侧的那颗
数年前已被拔去，一个浩大的工程
像是对城墙的撤毁，它牢牢占据着牙床
并不想抽身而去，那声响，至今
还让我心有余悸，撬动它
这世界微妙地颤抖。而一个没有实现的梦想
忘记它最初到来的缘由，
这一个下午，我被它拔出后的空虚
煎熬，像是一段闲暇而浪费的时间
带给我美好的记忆，那个时候
它在托盘里，丑陋、沉默，它的影子
和我闭嘴缄口的样子出奇地默契
——在我年岁渐老之际，它是一种脱离
形成一个空洞，虽然被填满
好像它从没存在，我却得慢慢习惯
好像我早已习惯于它的无用

2016. 7. 2

搬家记

是不是要丢弃那些多余的事物？
像是从来没有用过的，有些熟悉，有些陌生
大多数已经蒙了尘，也有一些
早已经残缺。它们在某个旮旯角落里
被翻出来，然后想到，多少个日子以前
那时候你年轻，像一张不知在某个地方的
拍摄的旧照片：有些人已经叫不出名字
甚至，你忘了有过这样的时刻，在阳光
漏下的斑驳间，凝视于一种被掀开了的
光阴，那里，你值得去更多地阅读——

尘埃如虎，一点点吞噬我们的耐心
和年华。他们隐藏在抽屉深处，空间
如果能够容纳更多的阴影，那些从时间里
流逝的，还能够唱着欢乐的歌谣吗？
我们移开了自己的一部分，同样是一种
完整的体验，像是这房间敞开如旷野
或风景被展示出一种消瘦的思想
我们可以抛弃更多的，但并不能减轻
生活的重量，地心引力让我们一日日衰老

去吧，一个新的地址，但并非新的开始

它只是一种延续，当我们换一串钥匙
在口袋里它们还会叮当响。两条狗
却茫然失措，陌生的环境让它们恍惚
依然打量着这人间，狗眼里的世界
它们低低的吠叫，是威胁还是一次探险
如果它们踢走落叶，大地是否会有新的火焰
下一个街口和上一个街口是否彼此相似？

那么我们将增加多少的垃圾，在我们
生活的边缘，制造它们，积累它们，然后
抛弃它们，在它们的肥沃中歌唱和礼赞
像是翻出一件旧款的衬衫，无端端的青春
曾经和你如此地亲密。丢弃，丢弃吧
我们把尾巴留在了时光的阴影中
然后放眼眺望，仿佛有锦绣的年华
一弦一柱，而那些成捆的书籍，无论是
你读完或者未曾打开过的，无论是
你曾经在纸上写下，或者直接
输入于电脑的，搬动它们，需要的是力气

值得再次整理吗？这些过去的时日
犹如知了脱壳后不知疲倦地吟唱
但从一个壳进入另一个，生活，伟大的
魔术师？给予我过怎么样的错觉，我
看见、听见，乃至被雨刮器所遮挡的人影
哪一些能够是经验而不是老调重弹？

从磨损中脱颖而出，像录像带进化到了蓝光
而每天行走的路线，会形成新的秩序
我们将再一次习惯以自己为圆心的生活

2018. 1. 9−1. 10

榨汁机

它是多么地奇妙，当刀片
藏身于体内，它的锋利是一种延展
把一切都粉碎，但它保持着完整
巨大的震颤表达着它莫名的兴奋

我们喂食它西瓜、苹果
或者更多的水果和那些坚硬的果实
而它并非秋天，它只是
一个中转站，让小狗好奇地摇着尾巴

是不是把一切变得容易了？
肯定有人不这么想，它的饕餮
来自它对事物的遗忘：
像爱，多久前，我们曾彼此奉献

有一天那个擦肩而过的人
让我嗅到熟悉的气息，事物模仿着
事物，而遗忘也一样模仿着遗忘
如果说在时间中我还不曾改变

那只是衰老还没有递过它的果汁
它会坚持递出，多么棒的礼物

混合着那些奇异的口感，让味蕾
选择着舌尖的喜好，最终却一饮而尽

此刻，我掺了些水
为了让它更好地流出。在被打碎后
它愈合成一种新的食物，但保持着
刀片的锋利，传染给了我

2016. 9. 4

马蜂窝

"捣毁"!

我日常生活中的敌意，
在屋檐下，一个沉甸甸的球状物体
它们起降
犹如闪电，优美、敏捷
造物如此精致
如果有神，我知道她是细腻的

实际上我们相安无事
但严厉的语气
像是噩梦中警惕的斥责
一道不能打开的门
禁忌无足轻重
我们害怕被伤害
这些空气，这些生活的地方

此刻我如临大敌
这些面貌相似的蒙面者
翅羽振动，如此一致的嗡嗡声
一头潜伏着的猛虎
又有谁细嗅蔷薇？

侵入，
能够有最好的理由吗？

比如花香，
蜜的战栗，一丝丝薄的阳光
弓起如一个遗忘之夜
在犹豫中我毁去疯狂的根源

的确，我捅了马蜂窝
但此刻它们在暗中瞪视着我

因为我收藏了它们的刺。

2016. 8. 29

开心和普洱①

它们身体里藏着两只闹钟，每一天
那么准时地叫我起来，也许它们自己
也已经厌烦：天亮了，它们起来
不知疲倦地跑动，在追逐什么？

开心瞪着突凸的眼睛，无辜
而忧伤。春天，它恋爱了，它爱着
那气息的萌动，甚至分不清
这气息来自哪一道倩影

它忠实于它的身体，正如它忠实于
爬上这六层的阶梯，等待我的抚摸
它的身体里还藏着一个饥饿
那坚硬而柔软的饿，像一枚指针

普洱小，它的饿来自本能
"陪我玩"，它无师自通，有标准的请求
低低地咆哮，带着对陌生的恐惧
也带着对远方的好奇

---

① 给家里的两只狗写的游戏之作。

它们相互中照见，不一样的模样里
有着一样的姿态：一只吉娃娃，十岁；
一只贵宾，二岁。如果有一天它们说话
我不会过于惊讶，当它们开口说爱

2016. 3. 31

为吉娃娃开心而作

那是我们一起的尽头？我
不愿相信这一点，直到你不再狂吠
安静如句号，螺旋桨般的尾巴
曾经晃动仿佛这个世界的问号
此刻已经降落：是否预示着你挣脱了
这个躯体的梦？我的朋友
我从不知道你有这样远行的勇气
但你有勇气聆听我酒醉后的唠叨

我说了些什么，能否比夜色
更加地黑？我的朋友，你比我
更深谙于这一点：相信
并且依赖于我们，探索你小小的世界
留下你的气息？没错，这也是
我们在干的，你我都是其中的一件
它现在收回了你，我的朋友
没有任何特殊的赦免，投向他
像你一路敏捷投入我的身体

全部的岁月？小心翼翼地请求
或者咒骂，你，在我的梦中叫过我。
或者曾经在你的梦中，你是我的模样

多么漫长的散步呵，你跑得远了
又回来：这是你的消遣，守护者
饲养我所剩无几的耐心，放大了这些
你就是我，我的朋友，我听到
火在变轻，在逃逸，现在，白云就是苍狗！

2018.9.17 告别开心第二天

如果老之将至

如果有一天我厌倦文字
就像沉默厌倦了言语，而白昼将尽
旅行者回到旅舍，或搭起帐篷之际
悄然的凉意，即使是在盛夏
我厌倦更多的事物
那沉甸甸压着我们的星座
从不被知晓的地方，
它们曾经燃烧，曾经灿烂夺目
却被陷入这简单的天空里
几乎是仰望，如果它们
形成一个角度，形成
我们表达的方式，像是在更多的人群中
我们找到自己的言辞
我们也认出了每一个人脸上的夜色
那深深的畏惧，对于无知的畏惧
贯穿于我们长长的一生
假如它曾经漫长，
现在也变得如此仓促，像睡眠
找到了哈欠，像羚羊
找到了狮子，而草原被蝗群找到
我们，被衰老找到，在这一天
如果我厌倦了文字

我被命运说服，而夜色扩散
那么一无所成，那么心无愧疚
能够安然熟睡于每一种黑暗中
听到年轻姑娘们的舞蹈

2015. 12. 1

迷迭香

平常之物？这绿色隐藏着时间的奔跑

谜之名字，异域的风，仿佛在叠加中
可以有双倍的气息：我摩擦着叶片
而它将探索我的肺腑，从鼻端
挖出一个紧锁的世界，打开，打开
那些让我迷离之吻，打开
那些欲念汹涌的黑暗
难道只有在阴影里才能给予我
九重天？难道春天是一件向下的
礼物？这香之眩晕，无非是一滴
被饥饿踮起了脚尖的星辰
它张开的浩瀚无非是那些通过了
狭窄之孔的分泌物，让我们细嗅到
猛虎的驰骋：一个意志的维持
扦插到异地的风光里，
什么样的光打在这平常之物上？

2018. 4. 7

水　芹

它之迷香？从指尖寸寸蔓延
翻出的心思，水一样的身段
她临水宛如一缕飘落
那些低语者，那些鼠目寸光者
在这些平静的水面下
藏着的春天，我们在多年后似曾相识

一截共同的口味：浓郁、孤独
像是被锁在衣服里的肉体
熄灭着激情的滂沱，被抛在远处的
单车，记忆里的远离，一个阴郁夜晚
所带来的战栗之镜？从时间中
挖出这一小勺的甜，一小勺的梦幻

水并不流动于它的丰盈，如果
放纵这转为炽热的绿色
它将更深，更加滑向季节的坡度
但荡漾着隐秘的气味，从水之气韵间
假如硕大的舞台空旷如神明出窍
有蜻蜓站立于那一茎的摇曳里

2018. 8. 3

水　仙

她枝叶的舒展无疑是种象征，一个
孤独中拥抱的灵魂。直到这幽暗的房间
有轻声的细语，如同阳光晃动

她在水上，那些循环的昼夜
交替在她和影子的拥抱中：他们浑然一体
但看到的是自己踮起的足尖

在这样的流畅中燃烧自己
爱是一种滋养？如果有风中的对峙
镜子里的钥匙仿佛两手握住时的指纹

小的绽放？花瓣张开，狭小的入口
我进入世界或许有隐秘的
通道，那里蹲伏着另一个更为坦率的自己

诚实，坦白，毫无羞耻
像水波上涟漪扩散，在寒冷的空气里
是什么让我有细微的战栗——

像是在水波里瞥见叶子的羞怯
她垂下，合二为一，但并不意味着衰颓

如同香气盎然被包裹在花蕾间

2019. 2. 15

无花果之夏

似乎还在开始之时，一个圆满
从果实退回到花朵，从花朵
退回到树枝，退回到
那刚刚孕育的时刻：最初，
在我们看到之时，甚至没有花
只是我们的想象，而花，盛开在
内部的秘密里，也许是盛大的
或者是沉默的一种，我们看到它的抵达
一个世界的小，自有它幽深的花径
如果我们已经汲取了那广阔
一粒沙中的宇宙，芳菲之初
夏天的脾气从内而外
像一个人的甜，交换着他缤纷的泪水
那是一间饥饿的银行吗？
我们储蓄着的，翻到了负利率
果实依然托住那稳稳的树枝
是阴凉赋予我们过于旺盛的阳光？
夏日的舞蹈在干涸和煎熬中
但它绽开，呈现这世界的低语
如果我有着开始时的耐心：我栽下它。

2016. 7. 15

青瓷和杨梅

它们如此默契，
构成一个夜晚的平衡，在我们之间
什么样的酒被浸泡得如此热烈？
在瓷器的光泽里，可以品尝
也可以燃烧，但在闲谈中
我喜欢这样的风过
如果我的耳朵里藏着小人儿

从秘色中吹来那万古的空
青涩的迷茫，在玄虚的夜晚
一段务实的光阴
杨梅，多么容易被腐烂的果实
我们简单的生活被突然地陡峭
像是放弃了的高度：它开花，夜半的馨香
收敛为时间中小小的结果
从青转黄，由黄变红，紫是它的狂欢

过客，短暂之物
对应于时间的沉淀，我们的交谈
转瞬不可挽留。在词与词
物和物之间，我们有着一样的距离
不可窥测，沉默中，几乎成为一种重量

而我们把这空虚填满，把这时间
交换于事物与事物，我看到事物的内部

2016. 6. 20

在花神庙遗址碑前

1

一块遗址碑，仿佛她真的存在
许多年前，现在她是一个传说，或一种凝眸
无论是在炎炎的夏日，还是迟缓的冬季

在那些少女的脸庞上，和韵光退去的
身体里，她都是一个秘密的声音。

当她形成巨大的空缺。这美，日日新
风的驭手，穿梭在我们身体里的后花园
可以听到花小声地嘀咕它的旧模样

万物在陌生中变得熟悉，像建筑物之间
藏着一座开阔的旷野：它早已退远
我们对于这样的一块碑可以视而不见

比如夜月依然，光从夜鸟的嘴角
滑落，弥漫成雾，然后朦胧到了霾
但我们调节着车灯的亮度

人世间小小的亮光和坡度。

2

或就是花神的一瞥，我们
青春时代的迷迭香，抑或是
一株从迷雾中抖擞着走来的罗汉松
在千篇一律的年代，从印刷体的街道上
我们的肺腑渐渐失去的弹性
会有更加深的雪意，在没有雪的城市
给一个孩子标注：
曾经的乡村，曾经的小径和河道
犹如一座沉甸甸的鸟巢
在孤零零的树枝上，我们眺望的边缘
它托住了一阵风。曾经
她赐予哪些花以香气，哪些花以刺
又赐予哪些花以果实，哪些花被采摘者遗忘？
或者在地底的淤泥里，伴随着
长眠的骨骼，陶醉在花瓣被吹散的愉悦里
在一种封闭的美里，我们觊觎
一座天堂的重量：身体的战栗
挖掘出纯粹的快乐，却远离我们的本能

3

她并非虚无，像那些种植到别处的

草木：直到叫出它们的名字
并赋予一个地名的荣耀
有一天它们在异乡彼此相融

我知道她还在，在忙碌和仓促中
她教会我们认识，让我们辨别
她从不曾消失，或被时间所磨损
她建设于一种新的凝固的秩序

无问西东，不计左右。当嗅到
那缕风，从城市的深处细微吹起
在我们身体的内部聚拢成
一个恒久的遗址，没有月亮被祝福过

春 天

原谅我竟无言以对，对这春光
和盛开的花。我远远迟钝于身体里的
那个喑哑的郊区，如果那里
有着风的缓慢和饥饿
如果说有一只闹钟它在追赶
不会太远，也不能太近，
它啊，让我每一天置若罔闻
对于光阴我有自己的栅栏
像万事都有其沉重的那一侧
而黑暗，必须在光的窥测中
我们从不迟疑，无论是
怎么样的风吹过，无论是
这郊区被无限期地延展，它扩大
一个值得显现的痕迹
长久凝视着黑暗，我学习这样的
勇气：双手合十，听从于
身体里的平衡，那些善和恶，冰和火
我自己就是一个浩茫的国度
像衰老一日日，葬我于这皮囊

2018. 3. 2

贺新春

给自己的懒散找到一个理由，如果
那新的一年乘着一小枚的阳光
在那些萌芽和黑暗的余暇里
像飘落下来的落叶，我们过去的日子
去到了何处？

门铃疯狂大作，即使我想
独自在这房间的寂静里
享受属于我的空虚：在隔壁
儿子正朗读他的青春

那些我所畏惧的事物，那些
在看不见的地方如影随形的事物
这一天，它们终于安静片刻。

但它们在，它们和我们一样
寻找一个可以安置灵魂的地方
像是在床上，把身体摆放到最舒服的姿势
却会有什么样的焦躁
让我不能熟睡，踏入另一个时间？

这些快乐和吉祥，这些祝福

当我们收集这一地的流光：
将会去哪里？我们知道，那带着
光和鲜花来到的时间，我们
是旅人，学会和它们一起走过。

2016. 2. 7

沿着夏夜的街道走向郊野

我们可曾抬头看到过这样的星光
并且能够辨认出它们的位置？晦暗之夜
如果我离开自己远远的

这样一个郊野，这样的陌生里
像河道上垂钓中的人：突然的收获
也有人两手空空，漏下风之轻微——

当一个低语被夜色欠身的蓝所打动
那些伤害过我的人早已在时间里消失
但记住那些来者，他们敲响过

我每一年的门牌，在这条街道上
即使繁星灿烂，我喜欢过的星空却不多
当星光交错，像筛子摇晃，

是怎么样的夜晚，被寂静和咆哮
反复编织？能够以夏季的名义
给我们一个肯定，一条收敛了的路

像女性微妙的曲线，奉献于
视觉的光彩，而我

能够开始于这条街道的每一处：入口。

2016. 8. 14

夏日视觉的下限

那么会有一根孤独的冰棒的融化，那么
比一支甜筒软去的速度更快，那么是剖开的西瓜
贡献那红瓤里的甘甜：大地的阴影
这座城市的燥热，我们看到玻璃的魔术
城市在楼与楼之间繁殖，我们
这些生存者，奇怪地听到飞机的嗡嗡声

像一个奇迹的展现，马路被卷起来
抛入这世界的洪荒。世界原本的模样
在事物与事物之间，在重量和重量之中
优美的抛物线？或者是
没入水面的游泳，在回头的张望里
看见浩瀚夜空的沉重，赋予我们速度

多么像一个运动会的花絮，失去的
比得到本身有着更加的庄严
或者像一场众口传播的偷情，他
还是他？她还是她？夏季的暴力
遮蔽这时光隐秘的秩序，但黄昏时
如果有滂沱为我展开郊野的万花筒

远方，视觉所及之处，仅仅是我们看见的

2016. 8. 20

夏日长

1

楼台倒影，流出
知了鼓噪中的浓荫。在
这看不见的涟漪里，
多少孤寂的事物保持着冷静
像我们，一个燃烧季节里
被空调的嗡嗡声所收藏
我们有另一种燃烧，
盲目的、空茫中的凝视
年代里虚举的双手
向内心投降

2

那么短的夜，那么长的光
蹲伏在自己的影子里
我们有怎么样的收割？
如果能让自己离开大地
在这样短促的喉咙间
它是一条被开拓的航道

在透明的饥饿中
在丰盈的放纵里
在被忘记和融入之时
它有一瞬间的亮

3

有时也来，那些消息
在风暴宁静的中心
一场酣眠之后的改变
它们滑落在
我们眺望的低处，在低处
望远：镜片里的魔术
那被放大和缩小的
无辜者的面容，
这些年，恰如一个断续的符号
而我在暗中写下

4

未知者的无知
没有人知道，但一旦
它和我们的视线相遇
这书写者也是匿名者
像光被折断于风，风
被囚禁于房屋，房屋

在这城市里的退潮：
如果我们这样看去，云
形成蜃楼般的缄默
这缄默，我阴影里敏感的触手

5

它并不能说出，
来自风断处，
如果果实还停留在枝头
我的手还停留在纸上
肉体，还等待着发现
再一次熟悉的缤纷
"活着，多好"，
像一只蚂蚁探索到的甜
古老的口感
让我们俯身于又一次的饱满

6

在凉爽中把自己带离大地？
夏日有一种微微的礼貌
足够空间的疏离，像性爱后
保持着理智的交谈：
爱得不够多吗？不，当时间松弛
爱神之箭有着小的倦怠

但唤起它，陶醉它

像忠诚之犬的嬉戏：

夏日有一个时间的尺度，

像是镜中，他对自己有一个坡度

2016. 7. 6-7. 10

短暂之秋

槭树、银杏、枫树……在街头，或者公园里
我们庭院可以看见的地方
它们喷吐着，如此绚烂，也如此阴郁
像是一个要踮着脚尖的舞蹈
向上收束成一溜流畅的滑落
它们的优美，隐约在一张旧日的明信片里

现在是微信，随手拍给了朋友
一些短促的感慨暴露着你的年龄：
活到老，学到老？风景盘旋于我们的视网膜
如果抵达不了我们的内心
像鹭鸟向下俯冲却一无所获
平静的河面，在岩石一样沉默的心里

这些躁动起伏如这个秋天的雨
赞美于它们的成熟，从松动的牙齿开始
然后挖掘出冬天的头脑
像冬天的竹笋，隐蔽中的萌动
被剥开、切片、翻炒，成为口中的美味
饕餮者被这样的景象所迷惑

如果我们赞美口吃者的沉默，仿佛

我们对不理解的事物保持着本能的敬意
实际上是出于对未知的害怕
在这样一个简单的秋天，找到一个
解决的办法：比如一块草地
装满那些脱离了主干，独自生长的树叶

雪

都将成为历史，或就是历史本身
我们缩着脑袋，在这片空白的奏鸣曲里
听到那种寒冷，这别致的寂静里
我们打发这余生中的缱绻——

那是被突然发现的路，水的秘密途径
它有凌空高蹈的欲望，却压抑在这一年的
岁末：它有雨的面容，有冰的形状
有河流的方向，也有这漫天的飞舞

骑着白马的魔王君临大地，他命令
我们缄默，用他的白色席卷这空间
那暴怒的鞭子抵达一种秩序：
于是我们闭嘴，仿佛这个世界是完整的

但那些建筑，那些垃圾，那些孤独的人
他们会顽固地在这冰冷之境
寻找和他们体温相匹配的空气
寻找那千篇一律的白色之外的声音

哪怕是污秽也是无比地生动！
像孩子拿捏着这一团的白，随时

可以丢弃，让笑声去融化，去我们的岁月

在我们可以容纳的空间里，白得那么真实

2016. 1. 22

冬眠之诗

一个约定，在多日之后。
此刻是我平静地坐在这样的窗前
小小地打一个盹，梦见
晚年的阳光斜斜照进，
收拾我脑子里的杂货铺，那些
叮叮当当的喧嚣，和那些
在隐忍中彻底腐烂的事物
如果有一本书我从未打开——
但那些细节从何而来，那些
我说过的话再不曾收回：
我们不曾缺席于这样的生活。

2016. 2. 5

在冬天到来之前

实际上已经是冬天，小雪
我们被寒冷所预兆，当没完没了的雨
消磨了人们的耐心和眺望
我们知道，这瘦削的冬天，
在酒的哆嗦里，那么，饮胜？

在这样一个完整的季节，
我们所完成的那些落叶和风景，那些
喉咙里我们被迫的声音
如果它找到一种表达，
比时间更加茂盛，那么，举杯？

早已是一片空茫，在雾气
所笼罩的夜晚，这夜晚扩散在我们的
肺腑：我们吞下火，我们吞下
一个难言的爱，假如它是纠结
小雨淅沥沥，那么，共度？

只是在遥远处走得更加遥远
那些硬朗的星星，它们
沉默悬挂在我们的头顶，它们

为我们翻译这岁月的寂静

如果隔得那么远，那么，且眠！

冬至书简

1

在这个冬天的拐角，一个小镇
因为一个失败的伟人
它接纳我们的朝圣，那些喋喋不休的八卦
在时间的暗处，因为一个姑娘而明亮
曾经点亮他的也同样可以点亮我。
在这之前，我去了妈妈的墓地
带着微微的眷恋，仿佛
她不曾离开，而我，其实是在自言自语
我告诉她的，其实是在告诉我自己
那么安静，那么平常，像是
每一次的唠叨，你选择相信我，而我
带着你所赋予我的姿态四处走动——
他们不知道是她，因为那些喧嚣
在我所带去的那两株菊花里
我贪婪于她的气息：它告诉我
其实那就是生活，当那个伟人离去
把光荣给予他的母亲。她，一心爱着她的儿子
她们都一样，这些牵着孩子小手的女人
让我忍不住用目光去追随
这么多年，这么多的梦所推动——

2

那么亲爱的，如果你有幸成为
一杯被喝下了的酒：你烧着了谁的肺腑？
在这样的季节，三三两两的游人
告诉我们这里是旅游胜地，我喜欢这样的冷清
在阳光被铺陈着的衰弱里，枯去
是这个季节的深度。我听到那些
唠叨和抱怨，它们是另一种沉默
当那条懒散的狗，在失去痛楚后
变得凶猛：它被卷入这个时代，如果它有
深深的怀疑，它红辣椒一样的生殖器
被冷风吹得倔强，它失去的空间
正是我们闯入这陌生之镇，这些门楣
和窗棂，这些魂，走动在另外
一个空间：我们语境里的国度
那么我们来自哪一个时间？如此局促的一生
我们或长或短地浪费着，那么亲爱的
我写给你看，那些屋檐上的落叶
我们被风所吹起，如果出了一回神，
我们的生命，在这样的循环里，我听到
你低低的倾诉：身体里的城开着门
有这样从容的小镇，有这样从容的时间
而我们俯身于那些徜徉——

2015. 12. 20－12. 22

在冬天

那地方终究要把你遗忘，像是
车轮遗忘了道路。那片树林你不曾再次踏足
那池湖水所隐藏的蓝，多么徒劳
像是一个下午的记忆，一个被寂静
打扰的睡眠：如果用声音去描摹

此刻，它是安静的。这个下午
在被扰动的梦境中，风却来回地吹动
在水面之下，有那些潜伏着的
那些对寒冷视而不见的冬眠者，比如
蜗居在土壤中的蛤蟆，如果有春天渗透

那么漫长的光，那么曲折的时日
它有那博大迎接倾盆的阳光
也可以接受如注的暴雨，但如果雾霾降临
我们想看见的，正在水中央
那些静悄悄的事物以各自的秩序存在

风自哪来？摇动稀疏的树枝
那些不安的人，当他们醒来打算离开
他们被这样的图像所吸引
像我看到那长嘴的鸟儿，当它从水面上

看到自己觅食时的优美，万物悄无声

2015. 12. 30

在废弃的大船上

这一日早已成为记忆中的一艘弃船
像青春。

但如果春日消融为秋天，阳光
挽留那一阵突然的雨：江风，给我们
什么样的表情，在这个平常的周末
我们的眺望是否有着内心的惊讶
当这些人没有被自己所打败

我们爬上什么样的坡度
把这料峭当作是一杯浊酒？
那些钓者，他们甩出闪亮的渔线像是日子
而这些随处蔓生的野草，我们叫出
它们，并不起眼的面庞
像一把废弃了的桨，打开这田野

总有些时日被闲置，被迫中
一个女人在高潮中的虚幻，隔着这条大江
潮水一样席卷：我暗中所塑造的岁月里
这荒芜的船是一个逗号，
而我，光阴渐消，越来越是个问号

苦恼于日渐增加的体重
那是大地对你的吸引？莫非
你厌倦于这样的一种窥测
在平静的水面上看到被封闭的雷霆
我愿意在一个春日登上这船
在那些门和那些窗局限的风中
我读到陈旧的记录——

我们抛弃每一天，
而它们最终，以这些怒放回答
以漫不经心的芳香，为我们找到
新的、镜框之外的光
如果我们有足够凝视自己的勇气

2016. 3. 27

月之启蒙

不能放大了看，比如从天文望远镜里
我读到阴影、陨坑，远没有那么浑圆。
预料中的荒凉，像我们看不见的地方
那些时间中的伤痕，或者是
那些给予我们想象的动力：砍树的人
荏苒在光阴中起舞的人，还有
那些被封闭了言语寻找一个表达的人
这样的脸庞在秋风中呈现，窗前
明月光：一个在月光中游泳的人
被太阳所灼伤，秘密的伤害
起伏于我们被安静了的生活，
在雾霾和灯光所遮蔽了的时间里
我们看到这昏黄的一枚，始终
在抬头之处，卡着我们的喉咙，仿佛
可以展开一个时代滚滚的雄辩
我们推敲它的壮阔，却忽略了距离
在风被折叠的夜晚，体内的月色流出
在这条视野所能归纳的街道里
是否有着一致的秋凉？凉下来的季节
把粮食种植到月亮之上，更多的饥饿
当它静，在古老的智慧中收获；
动，像一只消失的兔子。秋渐深了……

2016. 8. 30

看　见

如果黑暗有多大，声音就有多远，你在多远处？

那么声音消散，你用什么样的图像
确定了自己？一如生命的回旋，
是什么样的种族，时间的基因，
旧时代的记忆，还是被重新所看见的
那一切意味着什么？

那些可以倒回的路还要重新走吗？那些
可以认出的人还是你所熟悉的吗？
如果从未来看见，今天在怎样一个疆域？

那些风，和那些风所覆盖的
我们所看到的难道不是出于想象？
在可以看见的地方看见了什么？是风
它缤纷的走动，还是我们夏日里
那被禁锢的心？一束折断了的花？

消融，一个孩子无声地飞，这世界的战栗
我微微地恐惧："一个好人，在他的愚蠢中
他犯下所有破碎的罪，而罪并非怜悯"

我看见风，其实是它的形状。
如同我听到悲伤，其实是人们身体里
被砍伐的泪水，为所有微小之物落下的泪
软弱的、贫瘠的、孤独的
增加这个世界的高度，我们的难度

"外面世界的雨，如果你在房间里感觉
那被淋湿的：天花板、地板，和你触摸到的墙
它们荡漾如海，有过这样的辽阔吗？"

我看见那个熟悉的人，是否
他给予我安慰？在淡漠的灯光下，他
虚无的声音，找到了一个突然的高音

2016. 6. 29

平衡术原理

很好，别人的记忆干扰了你的。

——布罗茨基《天气预报的脚注》

1

几乎让人担心，但意外很少发生
他们专注于一个点上，眩晕、陶醉
一种天赋，或者说是学会的技巧
平衡的幽暗术，花园翻腾，眼花缭乱中
他们用递出的舞台打开我们的风景
坡度中的忍耐，在克制中翻新花样
重要的是，身体有一处隐秘的重，在坠落
到达地心引力的牵引，它有小小的
灰色，像我们视觉的盲区：身体脱离了
那种控制，有限的自由，总是有
高度得以腾挪，总是有这样的空间
保持我们的距离，博得我们的视线。

2

游刃有余，我们看到他皮囊的流畅

他的身体里藏着一头猛兽，一头
叫作害怕的怪物，他能够控制住它
而我们不能，或者说我们不能无视于
这种倾斜的悬崖：它注视着我们
一旦看得久了，似乎有黑暗挤入
呵，中枢神经的洁癖，孤立的、突兀的
这些需要保持不偏不倚的站立
比如灯光给了我阴影，居高临下的
俯瞰，也许有鹰的形状，也许
佝偻如兔。鹰兔能够相搏？
在我的影子里，停泊着这种凌乱

3

需要一个局限，比如高度，
以及左右摇摆。黑和白的对比，如果
有延伸的界限，像是突然造访的雪
所引起的感慨，还有惊呼以及抱怨
踏雪者是否需要那冰冷的心
方寸之间一个世界？指尖的触觉
能否抵达内心？我们借助于衣物
来抵御寒潮的侵袭，又在炎热
没有到来的时候被空调所抚慰
得保持一个温度，肉体多么精致！
濒临于一种束缚，像键盘上的敲打
陈述于虚无之物的真实性。

4

远方，不是望远镜能够带来的
距离。它有一种波动来自
我们对陌生的渴望。像漫长的雨季
催发我们身体里的蘑菇，而持续的干旱
让它们膨胀。非此即彼，但旅行
给予地名恰当的诱惑，犹如狗凝视着
夜色，狂吠，它害怕黑暗把它们
融为一体：我怀抱动物的恐惧
未知的渴望，退缩如月亮的周期
在看不见的地方，它旋转，受制于
地球的重，但并非无声无息
潮汐涨退，事物自有勾连？

5

由于此刻的协议，无言中的默契
他们达成了一致，既不瞻前，
也不顾后。他们是事物的中心
一种稳定的保持，在一枚针尖的
锐利里，有人磨钝了他的波澜
假如简单的说辞可以消遣
这么想来也没错，一就是二
或其他：重在右边，他提起左侧的

虚无；如果重在左边，他移去
右边的影子。他让一只蝴蝶
无休止地梦见，但并不是蝴蝶本身
而他们，驾轻就熟，活在当下。

2018. 12. 8~12. 12

尺 蠖

1

它欲成蛾，但终究是以后的事
当一池静水，企及没有干涸的镜面

从这样的沉默中脱颖而出，有更多的
本能和盲目，如果我们熊熊的欲火

穿过这针眼大小的世界，
我们可以看见平静水面下的战栗

这方寸之地的麇集，几乎！
一个内倾的肉体：那么复杂的结构

这些有机物、蠕动、成长，在一棵树
抖动的阴影里，它们敞开如风

每个微茫生命的点亮，即使
被忽略。小吧，小到让我们不屑一顾

小吧，小到无，或小到被一片落叶

所带走，安于这混浊，尽管饥饿步步追

2

这形状，平庸，且通俗
适宜我们放大了看，适宜老花镜的冥想

漩涡里的寸光？一寸光阴
能够站上陡峭之处？

小中自有乾坤，世事的微火
在炙烤中，有着推陈出新的身体

一滴蜜，呵，我们享受的欢愉
那种虚无，那种在绷紧后迸发的空

它的抽搐，深邃的虚无
赋予那低语中的黑暗

当欢愉成为无形的重量，砸向
我们脚下的大地，像每一天的枯枝败叶

滋养那些从幽暗中敛结的虫
又被鸟雀所衔走：不如是无限的小

3

逍遥游，涸辙之间
原谅那些无意义的喧哗和骚动

即使是它们进入到暖阳的叫喊中
在脱壳前有着沉默的姿态

是笨重的躯体不能有翻新的技巧
或者是在热烈的梦中出了神

能够在抬头中仰望，苍穹的冷漠
微不足道地生，又微不足道地死

我们都在这里，在它们的脸庞后
有着隐藏了的群山，但群山毫无意义

直到我们有足够远的视野，直到
群山犹如一袭褴褛的浮云

那些在前倾中保持着澎湃手势的
有一天我见到驴子化身为希绪弗斯

4

生是一场苦役？从它们的视角中

我们看到这个世界的浩瀚——

生是一局盛宴？在它们的短促里
我们藏身这春秋之间的繁华——

生是一种荡漾？微微侧身的光泽
我们一写下就是虚无的言辞——

生是一个片段？欲言又止的年代
我们在抵抗中孤独终老——

生是一次演绎？舞台开阔
我们被内心的野马容纳——

生是一名盲者？蜻蜓之眼
我们听到雷霆的密语——

生是一列火车？铁轨延展
我们流放于此刻的荒芜——

5

那么记录于这无，世界翻腾
因为细微的涟漪都有可能掀起波澜

渡过这无涯之水，无根之梦境

我们在躁动的夏日有着莫名悸动

在多远的地方有一只耳朵可以听见？
在多远的地方有一只眼睛可以看见？

比蝼蚁更加地小，更加可以抹去
或被高处的风一吹就消散：

当这齑粉化为千秋，在循环中
被他们眼眶里的漠视所深深陶醉

我们依然为一个好天气而欢欣
在一个合适的天气里遗失一柄雨伞

那从内心看出去的蓝，微微
鞠躬的蓝，擦肩而过的行人认出了你

6

重复于那些毫无意义的事物：
像恋人间的抚摸，在接近中又拉开

这些细碎中钻出来的饿
我们欠这山水情怀的延宕

那些恶，和那些善，在善恶之间

我们相互照见，相互撕咬着狮子和老虎

如果深深的咆哮被无声的火所鞭挞，火
记忆我们的面容，或火低到那些看不见的地方

在那里，它是肺腑，是生灵
是被伤害和在无能为力中荡漾出来的

一道涟漪：它，化为蛾，一座波光中的
舞台，它啃噬这片绿，它是它们的魔

此刻，轻轻的波纹：看见自己的面容
和这些尺蠖之物需要一洼浅薄之水

2017. 10. 20-10. 26

有天清晨

1

他愿意自己保持那跃出时的姿态
那么优美的瞬间，与晨光告别，与混沌告别
他一跃只是一次出差：咳嗽里的青蛙
带不来哪怕针尖那么大的江南
有人鞠躬，有人道歉，一江逝水给予什么样的手？
无梦打扰的夜晚，如走过的地域
相比他，我们略显矜持地活着
如果那辽阔的黑和陡峭的白，如果被这一天
所保留，请剪辑这样的风，请录下这样的光
请被隔壁这样的咳嗽所感动：
这声音里似乎要吐出一头锦绣的老虎，
这样，他就化作了虎。且容我再打一个盹
明明醒着，却做了个梦

2

一个邮差，如果他总按两次铃。
匙孔等待，而钥匙焦躁，那个脱落了翅膀的天使
如果盲目者能够看见，像爱情能够

被拥抱的程度定义，我在这片刻，看到镜中
这熟悉的身体，有一天它会变得陌生
比如此刻，对于昨夜朦胧之物的留恋
他是一个抽身而出的神。邮差，这古老的意象
我们并不会看到他模糊的脸
没有表情：能否和无关者说起心爱之物
这一生我是寄给自己的一封信
此生够长，清晨只是个逗号。我听到河的低语

3

它打了一个滚，不是驴，也非马。
我做梦骑上白马，但此刻马悠闲于草原
我认错了它的颜色。那么是谁
抽出他体内的四季：旷野四卷，低低地
侧向另一边，这大地是他的帽子，让声音
变得那么铿锵，错落的是他的鼾声
怎么样才能看见一个人的白昼和夜晚——
一个人是他的宇宙，他的阴和阳，冷和热
他交替度过的这些年、这些时日
我疲倦，想成为一个新人，日日新
他成为一本书的序，也是这部书的跋
那么在整夜的读书之后，你听到什么样的声音？

4

已经有清香袭来，推开窗的片刻。

是那株梅花走入，像母亲低俯的脸颊——

当妈妈走入我的梦，那么多年，我还是一个孩子

对于大地我们就是万物之一，但对于

我们细细抚摸的身体，每一天，我们炫耀

孩子那蹿上来的身高。那么朦胧的光线里，

那响亮的声音提醒我们看见的街道

那些晾开的光阴，在一个突然的消息里

惊诧如张大了的嘴巴，我们并不得到

我们所失去的也并不彻底

这样的清晨，在每一句梦话的边缘

我愿意是那株梅花而不是一株

被淋湿了的树，假如它遮住了我的视线

5

那打盹的狗支着耳朵听房间的动静

醒来在主人的意志里。厌倦是厌倦者的本身

正如我们对于岁末的描述

它蹲在那里，我们的忠诚，也许只是

时间里我们的无能为力，但命运

早已被窥视，当不一样的探望者来到

那个被孤独削出的夜晚

贴在薄薄的晨光里，雾和霾，持续多日的

模糊，在我近视的视野里

扩大这夜晚的轮廓：时间，这伟大的贼

一个三流年代里 一流的梦想

偷走我们青春的光，假如狗追着自己的尾巴
像我们追着自己的梦，我们
进化得并不完整，如果那动物离开我们的身体

6

朗诵这样的清晨将成为一个习惯
当窗前的鸟成为一个逗号，我的余生
还有几条狗的长度？它们如此简单
但生命同样被完成，我们的复杂
也仅仅出于那俯视中的阴影——
如果孤独成为一种重量，被孤独改变的人
成为这清晨最后消失的星座
即使我们并不能仰望到，但它沉默于
我们的虚无，在我们被忘记的蓝色中：
这一天是我们的一生，如果一遍遍复活
在智慧和衰老的催促中，我们获得
这业余的快感，而镜中人和我合二为一。

2016. 1. 5－1. 15

第二辑

山水相对论

有时，我摸到了它们的低
藏身于风，藏身于我们的视线
它可以让我们视而不见

林中之湖

那么此刻，在低沉的环绕中
被卡住了声音。鸟叫像是一个停顿
它，一个过渡：从这一声，到下一声

仿佛那滑落，回荡着
然后变高，突然地陡峭，突然地
像一座山峰吹开了雾

我们后退，前进，然后
有小小的得到，我们的脚，它们独立走着
当未来成为一种矗立——

我们被什么所压迫？
在虚无的时光里，会有什么样沉重的
雨，向上如昨日之境的看见？

在那平静中被保持的
犹如神奇的魔术，断木上的新芽
这秋色中的青春期：一把平静的钥匙

它躺在我的手心，在我的把握中。

2015. 11. 8-11. 9

春日，再一次江畔漫步

在我们看见的江上，远山是
一种饥饿，如果天空也是一种饥饿
直到蔚蓝的风躬起身，不为人知的战栗
直到阳光的咆哮让一朵花学习着凋谢
（用那化作尘土的谎言作为钥匙
请和所有黑暗中发芽的种子共谋）
我们是那些渔舟失去了独钓，承受身体里
一个渔夫的佝偻，他谴责着，而
狂暴的马奔出我干涸之躯，携带着
这些花，这些肤浅的涟漪，给昨天
虚假的承诺：过去是一个遗址
但明天依然。照相机能够留住细小的
侧面吗？对于这些我们无能为力
正如我们共同看见，但给予你的
和给予我的并不相同。我愿意
用饥饿喂饱风景里的人，让春日
是一匹狂野之马，饮下
那酒精，不要驾驭，不要缰绳
就是快乐地撒着野：春日，沉溺中的
大地，能够点亮那么多的无用！
我学习着无用，这无用的心多么快乐

2018. 4. 1

田园诗

我们压根儿就没考虑过要在此长住
尽管它是美的，像一张明信片
意外的问候，和拜访中的窗口，它
被打扰的村庄，如果向下抓住我们的山中
是远飞的鸟、苏醒的树林、穿梭的风
或者如那些不告而别的影子
我问候这陌生的山水，它是否塑造
我们灵魂中被渗漏了的形状？

总有那一洼浅溪带给我们惊叹
当天空走入这明亮，多少的俯视
但小的能否真成为美，闲能否成为
新腔调？一个佝偻的人
能够吐出中气里的堂堂皇皇吗？
延迟的班车，余生里的瞌睡
我熟稔于晚睡晚起，有人却闻鸡起舞
好吧，无非从一个梦走入另一个

饮一抹山色，狐仙和树精
都被约束在浓荫深处，那里天雷滚滚
如果云也成精，变幻，就是变坏或好
觊觎于这造化，有人摸着了虚无

却被下午的沉重所勾引：没有了妖
遥迢需要一脚油门，但万水千山
一袭新衣撑起一只旧鬼，看见
软弱的时代里，山水的傀儡就是大师

向田园致敬，比如是远远飞起的斑鸠
增厚这地域的寂静，有时候，寂静就是孤独
像有些人愿意躬耕，成为一个符号
而我们情愿把自己缩小到远方
我们越小，远方越辽阔。如果万物寂寂如初
车轮滚过了小水坑，时速让积水勃起
它飞溅的激情，却惊吓了踱步的鸡鸭
这一片刻，我愿意鸡同鸭讲，好好活着

山水诗

这风景如你所愿，大地汹涌着树木
山和水都在合适的地方，你
也在合适的地方，发出赞美和感慨
正如你所得到的慢，来自快的传递
你的每一次赞美都是哀悼：
盘山公路砍伐了森林，让原始的枝条
遽然中进化，并在无声无息中消逝

像餐桌上那些可以命名的珍肴
来自山的深处，或不被打扰的水域
山水无从枯萎，丰润于我们的饕餮
即使野物绝迹于万径，而千山遥迢
我们给予的命名近乎空虚。有一天
我们拒绝披上了皮毛的灵魂：
如凝视深渊，这深渊过于真实和重

那么能够有这样的表达，快乐
或者悲哀。那一缕魂魄的气息，在此时
不过是此地的抵达，别处也一样
把你置身于这浩瀚，但只有瞬间的壮阔
你将回到那个雾气中的肉体
衰老、疲倦，小小的颓废，而一声鸟鸣

压弯了空气中的琥珀，我们藏起

没有能够偷走的时间。它是独立的
在我们的言辞之外，几乎是青春，
值得一再地追忆：涉足之地，
它是一面看得见的镜子，如果有虚妄的火
和酒精的幻象，依然是它让你触手可及
那么风并不别致，它沉浸于你
构成了：小世界里的山水，你的皮囊

2018. 11. 15

廊　桥

彩虹？在喧嚣和奔腾的河床之上
它是一种升起和连接
但并不通往新世界，它只是让我们看见
过去的那些路，过去的那些人
当他们消散，在风中，
草木用它们的本心生长
我们还能保持最初的看见吗？

没有路，我们就造一条；没有
未来，我们就许诺一个……那一天
我们摸了摸彩虹，鸡犬的叫声
是否唤醒了我们的耳朵？
我们需要这样的到达吗？
一个简单的世界，当它是封闭的
它完成了建造，这些楼阁和窗
这些风的影子，我们弯曲的言辞

无用之时它被再一次证明
它在路的中途：我们到来，赞叹
指点岁月的消失，如同它的横亘
在群山之间，像是云的召唤
把每一座单独的桥绵延成路

当独立的树成为森林而回声扩散
未来，浩瀚的夜空
并不改变黎明，即使我们身后泥泞一片

它终究收藏了这些风景，
日新月异的山水，而我喜欢旧
如果山水的焦虑带来下游之地的干涸
一阵风吹过枯竭的头脑
又怎么能翻译成一句湿润的诗呢？
那么，当雾霭笼罩，在这路的中途
我们有闭眼的幸运：倾听那消逝
而丰沛的水冲刷着陈旧的身体

横坑夜雨

我们谈到了慢。在高铁、汽车
一路速度的帮助下，我们把两天压缩到了一天
但我们谈到了慢，速度让我们
回到旧时光，从城市的喧嚣里出走
此刻，雨下着，我们说着话
身体里的瓦片被山雨敲打，是这些瓦片
建造了今天的我：肉体的宫殿
如果灵魂一直是它的君王，为什么
我从不曾触摸过他的脸颊？为什么
他有如此多变的气候？假如
我被他所召唤，那一条小径
为什么引我走向孤独的深处？我倾听
像是灿烂星辰的落下，在这里
整个世界今晚就在我们的头顶
多么平淡的交流，不足以意味深长
而它只是落下，在晨昏之间
在黑暗之中，它让我们听到，它让我们看见
滚动着，以不同的形态包裹了我们
像是一滴纯粹的雨，我们
退到了慢，退到我们谈话的最初
一夜的雨，慢慢下着，缓慢的生活
像青苔上的蜗牛，大地的耳朵

它听到了我们，我们的快和慢
仿佛一个睡着了的人从梦中醒来
轻轻说了一句连自己都没听清楚的话

早上被鸡鸣所唤醒

我会醒来，即使没有鸡鸣
会从一个梦中跳出，像是冬眠的云
在蜿蜒的山脊上上升：它为我们预设良辰

不想梦见的，想梦见的
当浅睡环绕的生活，影子里的
犬吠，是一种什么样的警惕？

鸡犬相闻，提醒我们在这里
未知的地方也一如往常
我们日常所缺乏的，这里依然不能补充

虽然那些蔚蓝从天空倾泻，那些风
带来更多微妙的战栗
但感谢那只早起之鸡的呼唤

如果狗避开了我们这些陌生人
异乡的口音如同粗暴的闯入，这些
地理学的天赋被动物所校准

当雾气消散，如此走来的山
压着了我的眼睑，像倒影恍惚
那打鸣的鸡已被褪毛，等待着油锅

山　道

如果向左，也就是向右
左就是右，假如前就是后
我们的视线，依然被这山
所遮蔽和过滤，被这些树
这些杂草所净化：
在这逶迤向前的夜色里
我们接近于山峰
但我们依然是矮的
像野兔，被我们的车灯所眩晕
一个片刻的不知所措
迷路于熟悉的地方
而我们转了一个弯，辽阔
汹涌，如同奔跑的夜
沿着风的方向
那么广大的黑暗中
一张胖胖的脸颊
是否比瘦削的脸让人放心
更加诚实于地心引力？
我知道美，像眼睛
热爱于这些空旷胜过拥挤
但我们依然在人群中如鱼得水
此刻，群山中

如果支着耳朵倾听
只有车轮的滚动，和我们
说话间不时飘过的斑驳

椐

缓慢的生长赋予它观察的角度，
我们称之为眼的，正是它最为脆弱的部分
那光辉的种子的出口
轻轻地一捏
子宫的深度。在它改变了的年代
那些群山依旧，那些面庞掠过

如果是偶然的嫁接
带来杂种的优势，一个流传的理由
当庞大的云朵的巨人
以它的虚无俯瞰着我们，虚无
有多大，我们的世界就有多辽阔

但这些石头，这些在触摸中
冰凉的石头，大地的铠甲和精气
在遥远的喷发中凝固下来
像我们的记忆，而固执的椐树
用叶子给我们带来了风
在它的传说中

我们拥有那种植的传统
如果能伏下身倾听

它蓬勃的、蔑视命运的粗大的根之上
蚂蚁、甲虫、蜜蜂……以微不足道的名义
拥有今日的雨和阳光

允诺之夜

风分开草木，风分开岩石，风
也分开溪水和我们，在浩荡的夜空里
它把人间分成了黑和白，分成了
哀伤和幸福，它这样吹，低沉的呜咽中
我们要求着幸福，它却吹来了哀伤
为那些缺席的人，那些被时间漏下的光
像是弓起了背的夜晚，在孤单的叫声中
最深的夜晚被猫所推敲：谁知道那些平常的诞生
他们改变着夜晚的深度，犹如梦
衡量一个夜晚的重量，甜蜜的梦、破碎的梦
所有被束缚的时间所释放的
带给我们一个平常的周末，那归于尘土的名字
起源于此。我们瞻仰，指点，一声叹息
一座被废弃的学堂的浓荫下，我们学习
迟缓之物带来的智慧：有一刻，我们随风远游
兄弟，沿着那些草木、岩石、街道和溪流
我们的一生出于对风的模仿，邂逅
成为一种允诺：附身于那只雄鸡的昂首阔步
晨光微现之际的引吭，生物钟的指引
我们以为在放歌，但随即消融于连绵的风中
既不是黑，也不是白，就是那剩下的簌簌声

缺少的色彩

在城市记忆的深处
也同样成为今天的缺席者
我们期待的星空，
当雨，和夜色的笼罩
或许我们可以想象，那淅淅沥沥
落下的声音，是无数闪烁的时光
它们燃烧？它们锻打？
我神经元的某一处，似曾相识的
记忆？如果溅起了隐形的火
它曾经温暖我们在冬天递出的手
那固执递出却又不知所措的
度过年轻时代的困惑后
我一次次品尝了身体，犹如
一个打开了的宝藏，但我
能够期待有新的积极的欲望
把我和这一处屋檐
放到了同一个相框里？
那么合拍，甚至于
不需要修饰，像我们
置身于这样一个时代，我们
参与了它的每一个细节
在今天和明天，在黑和白之间

我们藏起了星空，然后
我们寻找，我们得到，我们失去
我承认：我缺少夜色的浩瀚
直到有一天融入于它们

草

有时，我摸到了它们的低
藏身于风，藏身于我们的视线
它可以让我们视而不见

它是舞者，它是听者，它是盲聋
它带着怜悯在这世界占据一个位置
但甚至连命名都不需要——

打开一个早晨的方式，
伟大的魔术师，它如愿藏起
如果我们被黑暗秘密地滋养

那些忽略我们的，有一刻
被我们所惊讶，正如春风绵绵
幻听者咀嚼着草茎

或在微苦中抵达幽深的暗
每一种事物都有不为人知的一面
我们幻听的来源：当火

从内部烧起，从看不见的地方
开始蓬勃，扭曲，并且注视着我们
像这里，我听到它们沉浮的面容

菇

草菇，平菇，香菇，苦菇，花菇，绿菇……
在雨后，它们窃窃私语；鸡腿菇，杏鲍菇，茶树菇……
另一场雨后，它们竞相发言；猴头菇，金针菇，
臭黄菇，马脸蘑菇，毛头乳菇，绒边乳菇……
还有那些称之为菌、耳，和马勃的，在一场
又一场的雨后，它们，大地的耳朵，倾听
大地上那些隐秘的声音，它们的美丽和毒
如果在舌尖上可以听到它们的声音
在地表之下，古怪的念头会让它们蓬勃
依附于什么而生存？那些辨别者的面容
是虚无的念头，让我们看到踏入者的脚步
被鲜艳者所吸引，它是黑暗的钥匙，打开
我们眺望中孤独的山峰，雨正在淅沥而下……

我寻找一个奇迹，在我们消失的时间里
它们在，平常的命名，呵，像极了
未遂的热情，和那些幽密处的苏醒：
它们饱满地敞开，复印着
大地的酸、甜、苦、辣，像是我们的面庞
从未被伤害的谷地里，我们看到那些
冷暖所形成的巨大的废墟，它们有过
这样短促的镜面的光泽，犹如对自己的肯定

从城市到郊野，不断扩大的我们
挖掘出这地图上微茫的一点，针尖般的大小
但它们簇拥于此，发现、采摘
我们设计它们的轨迹，从郊野运输到城市
如果距离可以衡量价值的大小
我们的轻和重，那么那些不曾易手的
是什么？当我们抛弃，农舍像一个休止符
有没有一条路修到我们密林的深处
而不必担心悬崖和高度，我们肯定
野生动物的灵犀，却陶醉于小狗的献媚

在被废弃的山道上，并无必要地延展
并无必要地指南：我们命名，简单地识别
而它们比我们古老，它们沉默的声音
遵循于繁衍的原则，那么让我们缩小
如果最初的时候，我们被这世界所打动
像它们抓紧了流动的风，它们，局限了
我们的视野，在这一年冬天到来之前
每一个世界都属于自己：被燃烧的雨
所催醒，而我们在餐桌上再一次赞不绝口

月出东山

过于皎洁以至于让我们看得太久
像是凝视着空虚，而我们，镜中的幻影
一次相互的看见，其实还隔得老远

这距离让我以为自己就是辽阔
差一点信以为真。来，抿一口酒吧
饥饿的粮食从肠胃席卷到肺腑

曾经那么熟悉，遍地都是它的流淌
习以为常得让我们不想打量
故园景色：当窗含西岭，雪非千秋
我看到缓慢中依然消逝的

慢并不延长，也不是全部
但扩大了门所推开的视野，容纳风之呼啸

我熟谙于这风的孤独
它所携带和俯瞰中的，
风就是一棵走动的树。

它舞蹈，张开如浓荫
但能够遮蔽我们的声音吗

像山遮蔽远方，夜遮蔽群山的喧嚣？
月色汹涌，对坐无语

举杯，如果把我们渐渐洗得透明……

题一幢无人居住的房屋

有辨别不出的动物足迹盛开如花
如时间的挽留，绕在它的周边
当屋檐下青苔蔓延
远远离开的那一条路，即使人迹罕至
也是否能从这里出发？

那些门曾经有人进出，那些窗
曾经打开……而那棵树
一年年被树叶嘈杂的争吵声打扰
那是成长：树荫，渐渐遮住了整个屋顶
骑屋旅行者，如果童年的房屋一直在我的影子里

我摸到如此绵长的炊烟
被吹得这样踏实
让我在这阴影里挖掘
我一直能够依靠的诗之秘密
但蛛网中敛结的黑暗
它向下被重力所深深地弯曲

是什么样的岁月
让我们一无所知？这不旧
也并非崭新的时代，我能够听到

大地的力量。它并不显示，

它是一种远离，如果

命运骑上了风，而有人小扣柴扉……

植物命名考

得以叫出其中的几种，也许
是错的，但一直以来我们都在命名
归类，统计，找到它们的声音
酸甜苦辣，当它们的根相互纠缠
我们从叶片的摇曳里梳理出它们
像是梦幻的光，如果平常的事物
突然变得晦涩，这些植物
有着动物般的速度
扩大它们的疆域：以自己的方式
抖落压了一夜的黑暗
以瑟瑟的颤动，传递着
微小的喜悦和恐惧，从我身边的一株
传染到这整个的山谷
又散开到我们视力所及之处
这看到的世界都是真实的，
采摘下的果实也是真实的，
雀鸟们比我们了解
它们啄食、果腹，但从不思考
雀鸟们如此命名：可以吃的
不能吃的，它们世界的秩序简单而有力
这些植物，要么随风倒下
被大地所收藏；要么被咀嚼，在肠胃的

蠕动中被消化：当我们辨认着它们
带着对事物的炫耀，它们
并不在乎，无所谓我们的称呼

山妖树精考

追随着夜色，还是我老眼昏花
看到的一切都有了一口气
散发着幽独的光
把它们的斑驳，剪影成
一个神话：从我的身体里流出来

恣肆汪洋，在黑暗
和光亮的间隙，钥匙正在叮当响
它打开了一截月色，
当清冷，被弹奏成屡屡花香：
山有魂，树有魄

这人的世界让你温柔以待
终究来自我们的命名
它们，赋予我们遥远处的天际线
那么简单的时光之踵
我们隐秘的伤口被它们说出

那些害怕，月光下跃动的虎
咆哮中伸个妩媚的懒腰
天色放青，它们领到了自己的脸谱
但声音是我们的，夜的渊薮

一片停泊着近乎静止的天空

用我的影子制造了它们，此刻侧耳听——

瀑　布

是怎么样的吼叫声让我开始想象？
如果是这山不耐烦于被驾驭
它厌倦沉默，绿色在时间的波浪中退去
它的空，本能中的后退
像是那么紧张：山，山在号啕

仿佛已经接近，但听到
并没有看见。我们斟酌这声音的重量
向下能够如此澎湃，正如
向上的陡峭：它是这山色的翅羽
像一张弓，贴向浩淼的风

如果能一直这样引而不发
翻卷吧，在翻卷中找到那愤怒的巨人
他空虚的愤怒无视于这些草木
他勇敢的淡漠忽略于这些岩石
他犁开这喉咙，像是要压低微暗的欲望

这水依然在燃烧：我伸出手
它并不烫伤，不能给我以慰藉，但它
似乎要挣脱这沉重的山体
曾经孕育它的，如今束缚着它的活泼

它汇聚、前行、下坠、粉碎，再一次汇聚

并把我引向一个遗忘之地?
在简单的时间里结束上一年未遂的火
而它们向下，浩浩荡荡
假如我们照见这流动的镜子，在破碎中
保持我们的完整，保持我们一如既往的惊讶

空山闻鸟鸣 ，或山水相对论①

1

山更幽：此刻，不会有更多的人
如我一般迷惑于这阳光的鸣叫

从林地里腾起，它，让空虚恰如其分
而约束我的是昨晚剩下来的黑暗

用阳光遮住了我，但恰好
我后退了一步，眩晕于它的重

或挪开了它的轻，这高山的重
和鸟鸣的轻，糅合成一种火焰

它们贴着地，像我的影子
如影随形。山中，一个薄薄的人儿啊

他的根在哪里？当草木向黑暗
请求水，又在阳光中挥发，结出小小的果

———————

① 致韩高琦。

那么小，那么饥饿，稳稳地在风中
等待着腐朽。一天天，眼看着它就要坠落

我叫不出名的雀鸟突然抓住了它
好吧，是灵感，生活的灵感，突然一击

它被带离，去往另一片山水。山水
是一个允诺，比我们长久，比我们孤独

它忍受那些嘈杂，在一年年的循环里
它打开枯荣之间的平衡，像山水的秩序

2

如果我平衡了身体里的阳光和黑暗
如果我把冷和热均匀着晃动，我自己

是否就是一座山水？风景的凉亭
能否脱窍出一个指指点点的精灵

像这连串的鸟鸣，加深着
山的寂静，而山水，不偏不倚

它成为传统，在我们的寻找中
它融入那些岩石、土壤、流水和季节

不可或缺的元素，但塑造出
这人迹罕至的景致，当到来者赞叹

它将被开放、约束，在另一个秩序的
增增减减中，它将抛弃浓荫下的传统

新的传统在若干年后到来：更多的人
更多的惊讶，如果还能有人听到那声鸟鸣

古　镇

早已冷落，甚至不需要惊讶
那些茂盛的草，沿着日渐湮没的道路
它，曾经的交汇处，当客栈依旧
而人迹翻过迷离的风
如果它出没于那些典籍和传说
让我们打量昔日的荣光，三省通衢
它的繁华是蜜，吸引着那些工蜂
它们用勤劳砍伐掉那些树林
启明星孤悬，曾经在这里相聚的人
片言只语，或者擦肩而过
它是一个枢纽，一道被推开的门
他们看到了未来，我看到过去：
地理学的粗糙，把这些新奇之物
转换为历史精细的低语，而我们
并不听到。像是界碑上可以辨认的字
一次次把我们引入
另一个古镇，模糊于故事的演绎
在缺席的名义下，我们参与到
一个过去时代的建设：屋檐下的燕巢
在反复的建筑中留下淡漠的印痕
小小头颅中的指南针也不再服从它
从时光里漏出雪泥鸿爪，它绝迹于

这样偏安于一隅的山水，直到
延伸到旅游的目的地，而那些真和假
造物的丰满，或是我假期里的插页
在被抹去的痕迹里它依然在歌颂

凉亭：在此歇脚时的眺望

正好有了个借口，这脚踝知道它的疲倦
正好被那些树木压弯的风所吹过
半山腰上，亭子简陋，敞开如一种邀请
它只是挽留了我们一下，满眼的山色
斟酌：地偏处，浮云挟一头苍鹰远逸

这山的停顿，肌肉里的乳酸，动
等待着静。下一年的花朵早已抛弃
这一年的绿叶，终究晚于果实的尖叫
按图索骥的人，寻找到能够的高度
但石级规范了我们登高的方向

云深？不至于迷失，已有多少人
先于我辨认这样的突兀和凌乱
不用山，我们挡住了自己，
向晚的野花闭合着它的宫殿
此刻，什么样的伶仃带来彩虹的影子？

眩晕连接了两座山，属于我们的眩晕：
在这山腰，时光的中途，我们
深谙于迢迢，如果水之潺潺环绕，这亭
难道是水墨的虚掩和跌宕，无以命名
却被它所怀疑，积极而焦虑：我。

河流简史

我们知道它的浩荡，通常，
是我们摸到了它的盛年，它的暴怒和孤独
它为人熟知的宽阔声名

就像它流在我的身体里，其实多么陌生
仿佛它一直存在并没有变化
流过那些村庄、城市，流过那些喧哗

当我来到它的童年，这山的某处
如果记忆造就了它某一段的光泽
我甚至忘记了它起源于此

多么细小的流水，我听到
它的倾诉；多么简单的声音
甚至不能想象出万千的气象

但出山去？拐弯后
它有另一片开阔的平原，当繁花
和稀疏的树，混杂着它成长后的脾气

我们给予它一个命名，然后
它将归于沉默，或被大海吞噬

它的饥饿让它离开了童年

像大地被阳光抓起，在它瘦弱的年代里
我们得以打开所有的黑暗之门
定位于这样的坐标。我触摸每一块

岩石的嶙峋，和蚂蚁爬过后的草根：
我啜饮这甘泉是因为它的一无所知
而阳光晃动，溪水旁，人恍惚如蝶

围炉夜话

整个世界披覆而下。此刻，风吹过
幽暗的炭火，和头顶闪亮的星座
遥相呼应：遥远处，还有城市的霓虹灯
这夜的羊皮书，我们交谈的细处
世界如一枚果实，我们屈身于它
会是怎么样的一双手把它采摘？会是
哪一种晦涩让我们浑圆如夜？
隐秘中的荡漾，没有什么不能说的
也没有什么值得说的。我们
在自己的身体里进进出出，仿佛一座城
当那只无形的手书写我们想象中的气候
并不存在更大的疆域，也没有
突然消失的村庄，"在说到你的时候
你是一种客观的态度"，像我们抬起头
会有光，会有折断的树枝，在炙烤中
散逸着清香，在爆裂中发出自己的声音
即使转瞬消散，这良夜，
像温驯的动物，在黑暗的角落里——
我们起身，想象的夜，或虚构的世界
披覆而下，而蚍蜉的灵魂
在不远处，拥有和我们一样的重量

庭　院①

1

我们看到的地方，在街角
那一道门之后，风转了好几折
直到庭院深处，如果桃花开了
如果鱼还在游动，瓦罐依然结实
风摇着那些果实和花草
我们是不是忽略了这些可以看见的
但是听到那低处的声音
并非倾诉，也不是我们全部的行李
人至中年，身体早已打开
还有多少的秘密吗？
唯阳光不可辜负，这人间冷暖
幽暗处也有美的生长，菖蒲和苔藓
把根扎入那些顽石，
汲取它们的梦幻，根，时间里的磨盘
牢牢箍住梦的斑驳：那里我们
宁静的脸庞，那里我们命运的小把戏

———————————

① 致翁鹤亮。

2

劳作者在弯腰中，用鞠躬
致敬于从不被留意的大地

蝴蝶捎上了我的假寐，而石头狮子
迈着缓慢的步伐：有人认出它们的朝代

在它们弯曲的鬃毛中，大地的火焰
像没有熄灭的疯狂，石头的火

它重量中的重量，在永恒的寂静里
它玩耍，传说的舞动，镇守于

我们战栗的空气里，甚至是一个空缺
如果有一个男人像一头狮子

是谁弹奏了这种秩序？是谁
在这种骚动里触摸到石头的宁静？

那么凝固的美给予一个更强大的
世界，眷顾于池中的鱼和虾……

3

那是我们的迷宫，所有的风

当所有枝叶间的摩擦，像风吹入庭院
吹入到那些参观的人的身体里
时间，有它固定的印痕，他看见了时间

这伟大暴君的傀儡戏，万物
被磨成齑粉？而我们用怎么样的意志
在铁棒成针的镜子前，我们看
入了魔的人间，这庭院敞开如昨日

直到那些破碎的瓷片，沿着
他的视野成为墙，成为那些喉咙和声音
成为他打开了的声音：他并不知道
自己的表达，但这听到祝福着他的耳朵

溪水掠影

如此明媚的风景，我们踏足的午后
那些卵石和野草如同日常的生活
但它推开，轻风像一匹荣誉之马的驾驭

这美，可以追溯到第一声清脆的鸟鸣
或追溯到第一滴泉水孤独的渗出
也可以追溯到飘落树叶上恍惚的斑点

是甲虫造就它的阴影，而我们
赞叹那些嶙峋、丰茂，也赞叹
那些游弋的鱼虾，和捕猎它们的鹭鸟……

它保持它的长度，隐藏着群峰
在绽放中把我们容纳其间
高或低、浅或深，最好有一小舟入画

如此简单、朴素，事物
以它们本来的秩序还原着我们
像那些水在不断的破碎中融合

无限温柔的低语？或汇成
奔腾的激流，水中之石的喉咙？
遂有活泼的鸭子引吭而过

山居的早晨

依然是鸟鸣把我唤醒，不经意间
这山色涌入房间：小小的昆虫
带着田野的气息扑向昨日的灯光
模糊中向你低低压下的脸颊
在放弃的时间里一个固执的邀请

是这样巨大的石块绕开了我们？
人间，多么轻易的词，轻轻说出
像昨晚被装入到睡眠的袋子里
孤独、烦扰、倏忽来去的小确幸
如果菖蒲仅仅把根深入到了岩石

我们能够造访这稀薄之日：沿途
用滚落的石块设置假想的世界
出于想象，还是出于我们对自己
无穷尽的赞美？浑然一体的山谷间
神来过，在我们看不见的地方

它是怜悯？如果太阳渐次染亮了
山冈，黑暗里孤独的身体
现在能够相互照见，又彼此独立着
一个美好的并不干净的早晨

和着光，我们说话，让尘埃舞蹈

2017. 5. 29

溪鱼、水草，此刻

惊讶于这茂密水草的轻拂
水流中，它颤抖如同琴键的起伏
那琴声：溯流而上的溪鱼，被约束在
水的流动中，它们构成了这画卷
能够再一次涉足？当沉默的事物
在彼此的碰撞中发出喜悦的响动
有些人掩耳，保持自己的距离
如果我能够临摹下此刻：
每个人都因光亮而斑驳出阴影
又在水流中照见自己，是一座桥
一块石头，或仅仅站起身
眺望到开阔之地。是风动了一下

2017. 5. 30

宋衣，或看得见的壁画

轻罗小扇扑流萤

———［唐］杜牧

如果有光的透出，剔透，单薄
那年的庭院，苦夏，梧桐树下
墙里墙外：我们能够看见
黄昏晃动的栅栏，饮者举起了杯

我们重复这一年的场景
呵，从没，复活一个朝代
犹如舞台上的水袖，秋波横处
遗忘就是永久的睡眠

好吧，莫负了韵光
好吧，别删了流年
皮肤的紧致和弹性，当豆蔻
约上柳梢头，我们的微光

隐约，这爱的身体，
要命的拥抱，难道会有
别致的快感？像那只轻盈的虫

被扇落到地上，我们莫名的担心

对镜吗？终究是肺腑和魂魄
苍老的浮世，吮吸我的命根儿吧
它终究会疲惫，比一匹马还快
在它醒着的时候安慰它吧

仿佛我们从未在这人世立足
从未，这身体里的密码
从未有人认出，而华服裹着你的肉
脱落，掘出这爱我的俗世……

2017. 5. 31

在小叔房与友饮酒后，沿钱塘江漫步

江风中背上那截老船木，从左肩换到了右肩
如果冬天让视野变得开阔，我们
约好的春天，是否会让眺望变得狭窄？

——如果深陷于甜蜜，像托举着鸟巢的树枝
什么样的树枝在这稳定的光阴里
它会让什么样的鸟盘旋，让什么样的鸟鸣叫？

我是一个带回木头的人，像带回了
一段江水：水平如镜，一个人
照见自己的影子，像认出了自己的脸

它是一艘远航之船的暗影？或者是
它有一场滂沱被谁所标志
在隐秘的记忆里，我是一把钥匙打开过她

像这船打开过无数的江河，这木头
被另一些木头所梦见，如今它枯萎
它的深处有着我们看不见的明亮

我们背负着自己的木头，如同
一棵棵行走的树，在这长河的边缘

酒酣后的断片，就像是一场尚未尽兴的邂逅

2016. 2. 15

来到风景之地

那是秋天的树，那是适宜的风
在简单的素描里它们有着风景的描述
并不出色，但心旷神怡。当我们驱车
把城市抛置于脑后，实际上
只有短短的数公里，在后视镜
隐秘角度的弧线里，城市依然起伏

那是我们的风景，彼此的寒暄中
意外的邂逅如这山水，如千年弯曲的桥
凝固了的变化在时间中几乎可以忽略
当那些云来自大地，那些
喧嚣中依然孤独保持着的河流：
我看到白鹭苍老而优雅，它单薄的叫声

从昂起的脖颈发出，多么
容易熄灭的火焰，它流利的姿态
只能是一个片段，夹在某一页书里
那声音隐秘，如果能够离开大地的牵引
它向我展现了生命全部的暗
从明亮处过渡，经验来自本能

当那么多的人脱离于他们习惯的生活

他们投入另外一种的熟悉

彼此的致意？或仅仅是再一次的确认

童年的返回，在早已陌生的地方

我作为一个游客，把这些时间当作药丸

风景的安慰剂？或欢迎你们的到来……

秋色过眼

树叶在怒吼中趋向于它们保持的完美

向下，回到尘土之中，
那些绿色，和那些在凋敝中
被浏览的晨光
饱满的时光之弓！
远处．
微暗的山峰，当一个夜晚占据我们的头脑
是那些声音的空洞吗？
如果我们眺望，看到远方
但看不到眼前
一个老花眼的眩晕——

偏偏我又是近视者，
每一天，24 个小时的长度，黑和白的渗透
人生从秋天的山腰上逶迤
当你从风平浪静的沙滩上
站起身，远远地听到天空的波涛
那些起伏，在远处
它们贴在了一起，
饥饿的喉咙涌动着田野的丰收

那些在生长中被雷声苏醒的草木
被雨所撩拨
是那些伸了个懒腰的山川吗？
醒来，在霜降之前
我们还能够赶上一会儿路

乌有，
当一天的光线倾盆
这细小之物压着我的眼睑，它们循环
这些植物，压根儿不记得
尝试赞美它们的人：
记忆的哑巴，汹涌着无限

当我看到一枚叶子裂开了空气
树叶在怒吼中趋向于它们保持的完美。

春风里，江畔即景

并不能承担更多，比如那些怒放
而流水依然会带来腐朽
和生锈的关节：说废弃就废弃了

那些根依然牢牢地抓住堤岸
延伸在黑暗低处，像空了的鸟巢
它们，让你放弃的天空，春风浓郁

我们终日欣喜于无用之物
一个词，一杯酒，或有年龄里
山水的遥迢。江畔，这无用多么坚实

像我钟情于这一场假寐
蝴蝶的深渊，直到从朽木的倾覆中
钻出华美的蘑菇：请递给它鹤顶之毒

唯有未遂的毒才保全这身之朝露
请纵酒，请放歌，请
在身体里酿出纯粹的无用之毒！

直到它出神，让一只鹭鸟
衔着这浩荡江水的视野，而后视镜

瞥见那刺出的尖锐的重⋯⋯

2017. 3. 26

海 滩

1

它是我见过无数海滩中的一个。
曾经，我迷惑于这日夜翻腾的咆哮
仿佛一种距离，而夜鸟
突然掠过：月光下，螃蟹
所吹出的孤独。这孤独，在海的边缘
几乎是克制。在暧昧的边缘处
如果退潮时形成一个个的水洼
我们照见自己的脸，能够
相忘于江湖吗？沙、礁石以及
月光所勾勒的曲线，东海岸
我们漫步时所倾听的
漫长的涛声，是否意味着生之短促？
而潮水涨起时，我们什么都不懂得

2

我并不了解大海，它的永远
像一具望远镜。往往在激烈的爱之后
丰腴的躯体犹如午夜的海滩

明月、星辰……在以往秩序的舆图上

我的手指尝试着唤起新的潮汐

那些幽深的暗处，无穷无尽的镜子里

有一些夜晚，有一些白昼

潮起潮落？倾听这海滩

并不需要我们走到更远之处

它就在身边，直到我们

眺望到宽阔海洋递来的陡峭

天际有一抹微微的蓝，精卫嘴角留下的

那滴泪吗？要填海却为它增加了一滴

当我内心的萌动在战栗中脱离

3

一个海滩，相似于另一个海滩

但这海如此神秘，即使我时常造访

海是水的深度：一个发凉的额头

可以构筑怎么样的堡垒？我倾听

在涛声把我完全沉没之际

怎么样的血液能够回应于夜之海滩？

不远处的农舍还是一如既往

充满犬吠和鸡鸣的未来，而城市

所抹去的萤火虫的激情，在草丛中

探索着这个夜晚的温度，假如

它不曾发光，假如这夜晚倾斜

一个人的名字能否在海水日夜的

消磨中，传送了不曾畲灭的骨骸
像我们偶尔捡到的碎片，过去的喉咙
能够成为普通话里标准的发音吗？

4

良宵。虚度的酒杯，月之晕。
偶然之日的床笫，能够让人
沉沉入睡？像是进入了大海深处
野蛮的无休无止的胃，说出它
就是一部个人探险史：凶猛的鲨鱼
和庞大的鲸……收获日落的余晖寻找到
港湾的温暖，即使寒潮也将借道
但此时有风说话，含混不清的口齿
世界从一种意义翻译到另一种，沙滩上的
一张沙发，与同行者我这样虚拟
兑现为那块我们歇脚时坚硬的岩石
它独立于这座上升的沙滩，裸露，
却无法改变。我愿意坐下，倾听中
保持对于大海的想象，波澜间跌落的
蓝，在我们身体渗出的浑浊的
痉挛的虚汗里，有另一座大海的出口

5

午后时其实我们已经路过，海岸线

蜿蜒。从山道拐弯处看去：
夏日旅行的归纳。没有台风的消息
禁渔期，它平静得让我们忽略。
当无法辨认出的夜鸟推醒休眠的渔船
海岸线醒来，喧嚣的涛声下
大海一片寂静：去读，去探究，
去找到旅行的高潮？迟钝的视野
臣服于这海的反复无常，我们纪念
一个死去的人①，一代又一代的精英
他们写下，他们消失，打包到
我们的酣睡中。或者在千篇一律的潮汐里
他们改变这轮廓，以至于我们漫步时
此刻，抬头时被这些风景所惊讶。

2017.7.11-7.16 乱礁洋诗会后

_____

① 文天祥被俘后，从乱礁洋押解而过，曾写卜《过乱礁洋》一诗。

一次旅程

1

乌有之物，从那些简陋的屋顶
和门扉虚掩的光线里一闪而过
甚至来不及开口惊讶。车
隐没在群山之间，有时候是一个问号
在喇叭的提醒里，我们
完美地错过那一道彩虹
像是魔法之门，被抛诸后视镜
而收音机依然喋喋不休

也许被颠簸成一个感叹号
为接踵而至的暴雨。群山寂寂
归鸟并不会形成星和月
但可能俯瞰百年前的房屋和田地
让我们一致为这精美呆如木鸡：
多个小时的驱车前往，我们获得
这虚无的记忆，庭院里野草峭拔

最终，车停处，枫叶正好
它们相互挤揉、叫嚷，涨红了脸

树林背后那个池塘一无所知
但树叶飘落，卷入我们的喧嚣

2

是田园的风格而非当代，追溯到
云朵般的天真年代：这里出没过土匪
和爱国者，这里有湮没的古道
路面的暗处，泥泞中可以踏足
给予我们最新鲜的体验：
我只是离开数日，时代的密谋者
或被那条斜插的小路
诱导到狗尾巴花摇曳的顶端间
我们的陌生之地，在另外一些人
唇齿轻逸的气息里被挪开
那么多废弃的房屋，像是失去了
它们的魂魄，而颓圮属于
时间的真理：被收藏，或规划为
一个离开之地，值得在此一宿
还是仅仅是溪水流淌时泛起的泡沫？

3

意外于一只飞鸟压低了夏日山峰

嘈杂中的寂静，有着

克制的踪迹：农田和塌方的道路
有时候，我想折返而回
兴尽？不，只是有点疲倦
借用这山色的每一天都是一种冒险
只有它能撬动我的日常生活
但不是一个支点，有时候
在我的影子里一只鸟
用叫声筑巢：它离我就那么近
我们可以在本能所允许的地方生活

那么在滂沱就要到来之际
我封闭了自己。

4

一如往常，时间并不因此
延长或缩短。涸辙。矿泉水。
叫得出名字和叫不出名字的那些树
似曾相识，但这样打盹的片刻
错过了哪一朵浮云和岔路？

倾听，耳朵里的天堂
是我们争论着的鸟类的名称：它们
没有这样的烦恼，从微微颤抖的枝条
转身到另一片绿意荡漾间
它们纵身，放肆于生命的旋舞

一段乏味的旅程或许更值得总结
像我们所看见的全部，却更
偏爱于那些被一再赞颂的景致
仿佛值得涉足的，在我们被延误的地方
天赋得以保存到莫名的婉转中

2017. 9. 7－9. 13

风景：三节简单的诗

1

途中的落日
我们身体里流出来的风景
恰如低语
少顷，将迎来微茫和黑暗

2

大地上的人，在他们的微小里
藏着我们不了解的辽阔
像是这大地本身

3

沟壑、山丘、草原和湖……
它们是这世界的轮廓
正如我们看见
我们的声音被擦得微微发亮

云

那是它们的气象，在此刻
这些拼图，我们想象中的模样
变幻成另外一种光阴

我们得到和失去的
缺失的时间，或许只是
在冰激凌的暴力中所体现的

如果是一片游移的影子
像凸显的喉结，暗示这性别的差异
我们最大声的地方恰恰是沉默

云无心，但可以看很久
突然间的欣喜，突然间的失落
突然间它有猛虎般的暴躁

我们说得更久一点吧
这云的年代，像是在高空
贴着几厘米厚的玻璃：我看见风

但能够勾勒出大地吗？
那片浑浊和无常，在那高度里

有一刻它会为君倾盆落

像泪水，我们终究不曾转身
在一个坚定的地方化作虚无：
这云所递出，我们常常的遥迢

登高记

1. 所谓辽阔

所谓辽阔，不过是我们看到了远处
而再远一点的地方依然是云霭苍茫
像是负担在一只小鸟的翅上
我叫不出名字的生灵，它负重若轻
让视线聚焦于那一线大江的奔腾：
时间的窄门，恍如万马嘶鸣，我们看见的
喧嚣，挤压、碰撞，内心的镜子吗？
如果幽暗之云它并不下垂
但有千层浪，在一个晴朗下午的闲谈中
金戈铁马闪过松鼠迅捷踩下的树枝
那缓慢反弹中的光泽，一声惊呼
它藏身于我们行走的树林间
世界是一种发现？也许，也可能是
一次深深的躲藏，像我们藏身于皮囊
风景浩荡，而我们的涟漪却在衰老
像种子坠落，往下
视线将被绿色遮蔽。绿色的火焰间
日光日渐灼人，出梅入夏有时，此生正好过半。

2. 登高吧，到高处去看

登高吧，到高处去看。睥睨于四方：
我们需要一个角度，比如眺望到东南
那里是人口稠密的街区；它的远处
风景秀丽的景点；再远处
田野交错，渔舟或还会唱晚；
而环绕着这座山的，同样是房屋和人
钢铁腐朽，搭建出工业遗存的
夕光：一片寂寞；左边，山谷中的
垃圾填埋场，生活里容易变质的那部分
被我们迅速放弃（它将完成，培上土，
成为森林公园的一部分，像那些封存了的
真相，在寂静中消失）；左边的左边
石碑林立，一个个名字，熟悉的笔画
组成陌生的人生，现在是一束鲜花
（我最爱的人长眠于此，记忆的符号
当个人的哀痛融入这伤感……）；
右边，矗立着高楼和通向它们的高架桥
也通向我所看见的风景：在高处
看见它们，看见它们在寂静中的喧嚣
并听到自己饱满的寂静——

3. 所有的路都能相互走通

所有的路都能相互走通，我知道

在这样一座亲近我们的山中
山水是一种模仿，像树叶模仿着树叶
杜鹃花模仿着植物的叫声
而空气里的香气，模仿着
我们内心的流水。水泥路、石级
以及泥径，或被野草所覆盖着的
小道，都相互纠缠，彼此切入
我们砍伐它，我们伤害它，我们维护它
我们重新去定义它：给予它
新的可能。在上坡的路和
下坡的路之间，我们选一个方向
以为找到了那把秘密的钥匙
但它如阳光和雨水，如道畔
在交媾中不能迅速分开的野狗……
万物，都倒映着这沉默的山
庞大的时间，雨一样的滂沱，它
是我们模仿着的生活：走进去
成为它的一部分，如果我们能彼此
相认，我们与这山浑然一体

2019. 4. 30-5. 1

海岸线

1

偶尔有海鸥承担了这片山水。
不一样的生动，它蜿蜒，投向壮阔的黄昏
这火中取栗时的欣悦，像我们
从城市里来，着迷于陌生的视野
而山脚的乡村别墅，年代赋予它们欧洲
或者江南的喉咙。它们弹奏这片海域
这是它们的远方？呵，这审美！
我们决定放弃于这一侧，像是打翻了的
酒杯：狼藉？这绵长的公路自有它的暧昧
有一刻它缩小了我们的凝视，一条绳
多么让人狭窄的镜头，直到那只海鸥
把转角处的沙滩推送给我们，中止
我们絮絮叨叨的话题，为落日而战栗。

2

左，右，右，左……握住了方向
就是这车的全部？在高过人头的草木之后
几乎就是悬崖，渺小如甲虫

但在草叶的间隙里，明月如灯笼悬挂

天地之间的微茫，也许我们得慢一点

直到和即将到来的夜色完全融合：

意外的抛锚，繁星闪烁，是什么

沉重仿佛这大海？轻盈如同那月色？

擦肩而过的人他们将打开哪一盏灯？

当引擎再次启动，风打了个哆嗦

而海浪以沉默中的涟漪，把路

延伸到大海的低处？集中全部的精力

他小声地嘀咕：右，右，左，又是右……

3

无线电波把我们禁锢于空间

身边的峭壁上，圆月如蝶，扩大着耳朵的

疆域：它是一声漫长的号叫

沉入不可测的海水里，那里

有多少绵长的喧嚣，最终是视网膜上的

一片静寂。我们看见，时间

最终将会改变，即使江山如画

投机取巧的旅行，是地图上一个指头的距离

我们用尽一生无法走遍看见的地方

但风起于灰烬，风在汽车的速度里

灌满我们的身体：它请我们啜饮，

请我们递来那一杯蔚蓝的空

有人等待，不远处的旅舍。郊外。

4

在微茫处那人瞥见命运的辽阔
如涛声一般重复，如夜色中的海面
被沉重的星座所垂钓。多少人
和我一样漫步于这无人的沙滩
为了收割风的饥饿？转头间，逶迤于
视线上的依然是来时的海滨公路，
观光客，和夏季到来时开放的海域
现在都被夜色所平息，弄清影？
骚动在那一层敷上薄雾的海面上
听，听到我们耳朵里的奢侈
那种空荡荡的回声，在东方欲晓时
向着相反的方向出发。抵达另外
一座沙滩，让堆砌的沙堡在潮汐中归于冥寂。

2019. 3. 16-3. 24

昔日：河边漫步时所思

1

有白鹭或者灰鹭飞起，可以听到
它们割裂夜色的声音，但无法辨别
它们的颜色：一个轮廓，
带着往昔的辽阔
从我们的视野里缩小为单纯的鸟
它的鸣啭震颤着我身体里
隐秘的电线，一个打给过去的电话
在激荡的铃声之后无人接听

2

雨会倾诉星期天的虚无
休息日的缺席，多久之前，你所看见的
少年时期。田野站立起来，仿佛
一直就是城市中心的那部分
荣耀和浮华的那部分，这是
一部分的真相：被隐匿起来的面庞
劳作的手似乎还在无形中忙碌
而过去的一切无从触摸，像城市综合体里

琳琅满目的货架，但不能找到你的声音
岁月的喉咙镌刻在地名的影子里

3

驱车无法抵达的黄昏。
同样不能抵达夜晚。一阵风
有一阵风的命运，散步得以深入
河流的拐弯处有桥的敷衍
逗号，或者是指示箭头，而鱼
跃起后落入睡眠中的水面，它的涟漪
缩短了我的凝视：那个时候，
昔日月亮的清辉，在时间里有些浑浊

2018. 11. 19

木勺湾海滩幻象

1

一片狼藉，这些瓶瓶罐罐，这些塑料
和污秽，人们狂欢之后的无尽的虚无：
在单调的涛声中，夜色所飘浮起的孔明灯
稍纵即逝的允诺里，这些被黑暗所充满的
垃圾，又被大海所收回，仿佛它们
从未出现在我们面前。当远处的篝火
提醒一个夜晚的倾斜：涨潮。退潮。潮汐之间的
咫尺天涯，直到一只害怕夜色的狗的狂吠
撕裂我们耳膜中的海滩，像是节假日的喧嚣
掩盖着我们匮乏的日常经济。而一旦依附于
岩石的冰凉：将被固定，被拍打，在升起的明月
所带来的荡漾中品尝到大海之泪，犹如
不远处冷却塔的俯瞰，工业化的符号，勃起
如时代，我镜头里无法回避的晕眩，像秋风沉醉的
日子，被裹挟到海洋深处，现在我们可以
视而不见了，依然是一个新的早晨。我想起
不久前出海时，渔网中那沉甸甸的犹如钝物一击。

157

2

光之迷幻赋予我们一种沉溺的可能
它是美的，一个想象的角度，在异地
贫瘠的慰藉属于中年危机的侧影：
我们是其中的光线，绚丽中的突出
比如在海平面上，远帆携带着我的广阔
小的风暴和海市蜃楼的喉咙
它蛊惑了更多的人，即使那些赶海者
有着踏实的收获，但很快将被挥霍一空
像那条懒洋洋的海鳗，从玻璃后
用空洞的眼神凝视着我。午餐时
如果把这眼珠送到我的舌尖，我是否
是一座海吞下这种空漠？但光在变强
笼罩更加复杂的沙滩，汽车声、叫卖声
兜售这庸常的一天，海鸟飞起
退缩到那种海岸线的绵延和饥饿里。

2018. 10. 4

线法山①

那种撒手而去的感觉不会再有了。

或许，还有一次吧。然后，没有下次了。

——［爱尔兰］希尼《人之链》

1

循环中仿佛没有尽头

盘旋，绿色沁人肺腑中的迷失

高不过八米，平地上的突起

我们的蜿蜒

看不见的马，风的马

绿色中的马，它送过若干的

幻象：夕阳和散落的浮雕

在东面，时间的隔开处

能够照见彼此的琉璃，迂回于这种孤独

它是山河的倒影？倥偬于世

---

① 圆明园线法山位于大水法东面，占地面积 6500 平方米。线法山是一座人工堆成的土山，高约 8 米。山的四面均有五尺宽的盘山道蜿蜒而上直到山顶。

小小的立锥之地，在不断的重复中
我们抵达永无止境的命运
它只是一个谎言，或精致的
鸟鸣深处的舞台

有一天它随风而来，我们的眺望
在废墟和落日所加冕的镜像里。

2

有一道门将不再穿过，在想象和现实
能够平衡的地方，在他驰骋的温度里

那是山水的模拟，他的速度
贴着紫禁城的晨曦，一切都在变慢

只要他愿意，一切也可以后退
茂密的树林和曾经拥有的开阔

他的游戏，肉体深处的王，
如果美丽新世界可以让人踮起脚尖

呵，他见过更美的舞蹈，舞动着
宛如炫耀；他见过更高亢的影子

在他们跋涉的地方，几乎是一座天空

他有冷血的鞭子一样的战栗

收缩、痉挛，意志的盲目
他所驾驭的马有着看不见的缰绳

那么，交给风？交给那些耳语者
直到那些汉白玉的石面上溢出惊恐的涟漪

3

都只是片刻的瞌睡，像是
突然的停顿。马也许失去了前蹄
万物都是一场幻梦的旋转
万花筒般的眼前，他的鞭子指向
风的意志：有风的地方
就有他的意志，但肉体太平常
他愿意品尝接下来的
在一场夏日猝然的暴雨中

收藏这觊觎中的山水
把这些纳入怀中，他胸有锦绣？
横的移植，或从一扇门穿越到另一扇
陌生的、美丽的，也许是一个
魔术师的致敬？直到他被熟悉的鸟鸣
唤回在一个无比清晰的早晨：
服膺于那些门的召唤，远方

也可能是魔鬼，即使他穿过了

镜子。那永恒的尘埃，足够
低于我们的视线，俯瞰或远眺
唯有他佝偻在江山的一隅
大道回旋到山顶，能够无限接近于
星空？它只有区区八米，但为什么
会有如此浩瀚的高度？它
藏着一个梦，侏儒的游戏：刀和箭，
军鼓和军旗……只是一些装饰
如今以残迹的模样倒卧在绿草之间

我宁愿看到一只松鼠的逃窜
拖着它长长的尾巴，生命的符号
一切都在循环，而一种渴意
在一百年之后的故地，被游览的人
所忽视：那柄剑在石头里战栗轻吟
锈，细菌的贪婪，与此同朽？

4

走入那些画中？墙上流动的画？
星空，人群……所有的壮丽
缩小为孤独之园林，并临风溢出
饱满的果实？那是我们的记忆

或共同的想象。水波的潋滟，
柔光中回首，那致命的硬和软
向东望，微风生香，一个女人
也许是藏在我们皮囊中的秘密

用无数的文字去描绘她，用无数的
想象去堆砌她：集体的美人
流动着我们日常的血和肉，也许
早已是冢中枯骨，却沉浸于风中

把无限用这方圆来替代，用一个
标准，我们听见或看见的
方寸地，大乾坤，每一个人
都能有自己的自在，像空气中

荡漾的鹤，它在空气中游泳，
或空气托起了它？小世界里的逍遥
他化身为龙，或化身为虎，但从未想过
他就是人本身，就是要减去那些

光的刻度：一旦走入黑夜
我们的仰望只是被光所驱使
慢些，石刻上的腐朽只是慢些
时间在十二兽首之间消失

5

那是，小而美；那是，鸟鸣声里的宇宙。
消逝着的都将重现？每当蝴蝶梦见我们
无休止的风暴和安宁，每当深渊容纳我们
每一个黎明和黄昏，当街道和田野
有一种新的秩序（我们所看见和感受到的）
曾经，它并不向我们开放；曾经
它有一个饱满而自闭的客厅，弹奏着
自以为是的钢琴，壮阔的落日，湮没了
那些枯枝败叶：所有的面容都将循环重现？

6

石头是安静的，草是安静的，树木
是安静的，走动的旅人是安静的
连鸟的啁啾也是安静的：坍塌如剑，剑入梦

但只是瞬间，这一息浮云悠悠，
在禁锢里暴雨将至。想象的火？
让它的安静沉溺于一个时代的安静

那些石头是残缺的言语，但并非沉默
这土丘的坟起承担着冠冕的沉重
允许风的健忘：有一个人策马归来

荣耀于归？或耻辱着被镜子所看见
缩小到一只白粉蝶的翅羽上
如果它倒映着我局促的世界观

并且掀起的风暴在时间中消逝
指尖触及的微温，蝼蚁忙碌如故
甚至听到枯枝折断时的脆响

2019. 7. 21－8. 1

第三辑
怆然集

你们看见他的名字消逝于石头

石头裂开，一句话诞生。

　　　　　—— ［法］伊夫·博纳富瓦

野花蔓延

有人
随意地一指。我们被抛在乡间小路上

蝼蚁的直觉？在浮云的时间下
如果可以腾空去看，像那些
风中抖擞着精神的草叶
它们进入阳光，以及滂沱的
指示：此去十五里，荒败的村庄
无人，
但有花瓣相互碰撞时孤独的声音

铁马？如果有马
逾越了今天的光，无人坡地上野花蔓延
那些快活的甲虫和蚊蝇吗？
天空的倒影，犹如郊野的风景
那些道路涌向高处
矗立着的山，它的蜿蜒处仿佛我们言语之间的
一个突兀的句号

我们已置身于其间，扩大了的视野
此刻，在路上，去意彷徨。

我或有天地之念，乘于一羽鹰隼的俯瞰里

云之影

它们依然在，这些残余的城墙
像是无人的村庄
当道路荒芜，如果有动物出没

从房屋和倒塌的石块间，从满月和
弦月的缝隙里，从我们身体僻静的一隅
它可以望见我们巨大的阴影

路径的偏执会倾向于树
北风还是南风？但群山簇拥
有没有一只松鼠会指引风的无调性？

沉没。像草所沉没的山坡
春风滚来之时，绿意就会盎然
而动物们繁衍，在荷尔蒙的驱使下

这墙延伸着，在泥泞和若干年后的
想象中：有奔马驰骋，或是将军夜引弓
但我们在虚空中拱手为礼

与蜥蜴的对视
——赴三十二长城途中

能够塑造出它们的美，无疑
是在离开我们的日常之后。
阳光下，草叶间的一只蜥蜴
都让我怦然心动：
为它和我稍纵即逝的对视。

这蜥蜴是千百年前的那一只吗？
或遗传着那一只的基因，
在冰一样的体温里，有着迅捷的腾挪
它要传递给我的是什么？

它转动着的眼睛，犹如冷漠的星球：
当夜晚降临，月亮如荒凉的泪滴；
而白昼之时，在它所看见的范畴里是不变的
那是阳光所造成的阴影，而阴影
在歌唱，在舞蹈……

从更高一点的地方看过来
我们都小如芥子
我等同于蜥蜴
或蜥蜴从遥远之时梦见了我。

回望长安

曾经有人生活，和我们一样的
血肉之躯：当守望变得如此漫长

这些石头和泥巴，开始的地方
把我们围起来，有着放大了的长度和宽度

在这样的绵延里，似乎与这山势
浑然一体。像我和邻居间点头致意

一墙相隔，黑暗的微光照亮声音的低沉
我相信这些被修葺了的砖墙

骆驼穿过的针眼吗？不，它也许是
倾听中的耳朵，大地的衍生处

听到风声，听到马蹄疾时如雨落
听到缥缈地的一纸命令

那是轻飘飘的沉重？报表上的数字
微不足道的叠加，我们完成于一种抵达

有人听见了哭声，夯土时
渗透到土里，翻转成一只乌鸦的聒噪

烽 隧

——沿途所见

荒芜是它们的主题
巨人的落寞，抓住了崇山峻岭
那些响起的警报吗？
像烟所飘散的天空，倒映着
我们不能驾驭的灰烬

奢侈之戏？时间无法还原出
过去岁月的梦呓，我们身体里
都有一张蜕下的蛇皮？
烽火连天，仿佛哈欠
在漫长的睡眠中渐渐醒来

我们要告诉他们，要告诉
他们这即将到来的，
要告诉他们这火中之驹
唯有沉默才能平静
唯有端详才能看见

逐渐的凋敝正把路合拢
俯向一个黄昏的深渊
而繁星簇拥，无限事

无限循环而陈旧的往事
只有今天的风还在快马加鞭

走西口

——右玉杀虎口戏笔

天涯咫尺，就在
我们的一步之间？像一只旅鸟的肺腑里
藏着广阔的南和北。我的南北
能够丈量出它们叫声的不同吗？

不，即使绵亘着这样的一堵墙
它们也不能分辨庭院的内外
饥饿指引着它们，陡峭的影子
在季节冷暖的变化中过渡

虎跃出人群
长啸，或咆哮，虎化作人
还是人漫卷为虎之雄风
我们究竟是害怕还是觊觎？

杀虎的人要有虎之魂魄
正如走出去的人就是江湖
气息汇聚，抬首处
浮云拼命要凑齐三两的虎骨

但旅鸟简单，并不理会黑云压城

它把影子投到远处的残缺

像是一种平衡，而我们的影子如刀

每一天听到自己的沉默

明月千里

沃野苍茫，不过是我们看见
河水如沸，而它明亮如玄鸟，一瞬千万里
是虚构中的羽翼吗？

垂下来，正好是天地的轮廓
卡在那亘古的凝视里
如果光自东方来，它有细碎的泡沫

宛如莲花，那些暗中的欲望
在墙的蜿蜒处。终究变成了沉默
起伏于人群的叹息。

这月光是另一道墙，另一种
打开：唯有不存在的骑士驰骋
床前，有明明白白的月色。

当有千里之远，但我只听到
月色如马蹄，像白发的催促
斗室里，现世的鼾声平衡着左右

碎 瓦

粗糙的碎，来自一只碗
一个陶罐，或其他使用过的器皿？
我们无从知道的年代
轻触中的微凉，
我想象那啜饮中的嘴巴，
那握过器皿的手
也握过兵器和弓箭。

这些血肉之躯
在无数遍的循环里
出现和消失，它们无声无息
那些牺牲，
烟消散后明净的天空
会有些人离开

它更长久一点，虽然灵魂破碎
在无用中保持着一种完整的姿态。

当我们照见那些幽暗
生活中的气息
此刻，无名之地
野长城的一侧，它突然

溅到了我的脚边：

一片蝴蝶翅膀般的瓦片（在水面上能够削出

一圈圈的涟漪，此时只能窝在我的手心）

有浅浅的纹路如它的低语。

散　曲

一只鸟在天上，一群羊
在地上，鸟飞过了羊群，也飞过
我们的头顶。鸟在天空中撒野
我们都没有看见。

羊群挡住了我们的路
一只羊，两只羊……数着数着
天就要黑了，人就要睡着了
飞过头顶的鸟儿看起来很眼熟

它们看到这城墙一无所有中建起
风从城墙上吹过；它们看到这城墙倒下
风又从城墙上吹过。呜呜呜
它们记住了风的来路和去处

我们都没有看见，鸟在天空中
撒野，它们聚拢又散开
像地下的河道我们看不见汹涌
天就要黑了，天就要亮了

良 夜
——雁门关的暮色中想起一首古词

长星耿耿，有呼吸的夜晚
都是良夜：我们感知，我们仰望
或者在低头中倾听

这么安静的时刻，藏在虫的叫声里
它们的嘈杂有着现世的安稳
像是重新矗立了的楼阁

有一些人留下了一个名字，有一些人
沉默着，天空倒映着他们隐藏的面庞
而水之温柔从北斗间泻出

像是雾中走来的树，在寂寞的时候
喊着它。看见远处打开翅羽的白鸟
它们带不来乡愁和命运的古堡

绕树三匝，栖息于后世的耳朵
能够听到漫无边际的长夜
在一场假寐中醒来，没有人

记得这些名字，像这些血

渗透到土壤里，在第二年的草叶间归来

紧了紧衣袖：微有些凉意

"浊酒一杯家万里，燕然未勒归无计。羌管悠悠霜满地，
人不寐……"①

---

① 范仲淹词。

马

在它的眼中退去，这速度的边界
在它孤独的皮毛和抖颤的肌肉中退去
世界小如夕阳，
（也许你可以说它大如朝阳
仿佛光线的成长逼退了夜色）
像它所看见的流逝中的风
它用驰骋把自己退回到草坡上的悠闲

快就是慢？它并不等待骑手
万物枯荣，千里只是你们想要
泥涂间快活地打一个滚
那些压低了嗓门的人有着属于身体的
地图：勾勒这苍茫的轮廓
天高，草长，而风过。世界

这样汹涌到我们的视野里
我不知道泪滴为何无缘无故
卡在眼睑间，它放大这个天地的模糊
从我这里看见的就是它所看见？
轻易地越过了那条沟堑；它优美
而修长的前腿，它芳踪渺渺的后蹄
这突然间它有高蹈的火

仿佛从未发生，它摔打着的尾巴
是一种恍惚。隔着远远的山冈
此时它从容于草木的气息
并侧耳听到蝴蝶合拢了蹁跹的翅膀
栖息于它的背上，如果它放缓
咀嚼的速度，它们将一起没入在黄昏之杯

2019. 9. 18

残存的石碑

不能分辨的事，只留下
一些残存的我们无法分辨的痕迹：
它们发生过，正如他们
活过。

这冷而破碎的石头，它躺着
经过悠长的时间
一种叫喊，封闭在雨滴和月光之间
时间之针，能够缝补我们指缝中
漏过的那些风吗？

看，这荒凉之地的声音
讲述某一位英雄的金戈铁马
赞颂他的勇气和天赋
或者他于事无补的一生
甚至无法分辨出他的骨骸

犹是春闺梦里人？东方既白
秋虫渐衰的叫声里
埋下它们的一生，埋下
一场血脉偾张的遭遇战
剩下一串简单的数字和一个名字

从没有被记录，当尘里来的
复归于尘土：雨后，有人永无休止地梦见
在睡和醒的间隙里，恰好有一只蝴蝶

2019. 9. 21–9. 27

蟾　蜍

鱼没有眼泪，至少我们不会看见
在一小畦就要干涸的水塘间
它们是一个个逗号，之后，
也许会缩小成句号。在古道的一侧
曾经是一道沟渠，或者有暗河
汹涌：我们不能够看见的河水
鱼消失，就像它们没有眼泪
但蟾蜍在缓慢和漫长的爬行中
在草丛间，它们遗留这些梦幻，足以
抵抗一个干旱的夏季带来的沉重吗？
它们活跃着，有些已经有小小的
后腿，能够用力地蹬踏
也许能够逃离这枯竭，就像一首
写到一半的诗，它能够完成
或者回到最初的那个想法？
涸辙之鲋，有一堵墙挡住了我们
产生一个眩晕中的念头
如果把它们带离，投入一片碧波？
而草叶间还有拖着尾巴的感叹号
出没，告诉我快放弃这个想法
它们将长出有力的前腿，在水塘
彻底枯竭之前：能够爬上我脚下的土疙瘩

用流不出泪水的眼睛仰望月亮

多少年了，这月亮是我们共同的泪滴。

2019. 9. 29

牧羊者

他只是发出简单的吆喝，或者
就躲在某一朵浮云之下
我没有记住他的面容，随着羊群
他越过那条已经干旱的水沟

这活儿他熟，比如下雨和刮风
当他抬头看见云彩变幻
放牧者，从少年到了老年
我们能够说他饱经沧桑吗？

有足够的信任，这些羊
听从于他的召唤，换了一茬又一茬
只有在吃草间隙抬起的羊头间
我们能够找到熟悉的气息

唯有草叶丰茂之地才能治愈
饥馑的来袭，唯有咀嚼才能缓解
那巨大的渴意：被驱赶到
另外一片山坡上，它们就是些数字

这些阳光下的温驯者，听见了
牧羊人的鞭子，也听见他的口哨

但在突然到来的夏日滂沱中

他和它们一样，躁动且无所适从

2019. 10. 1

乌　鸦

那么我听到了那声鸟叫
在苍穹之下，它终究让我们不明所以
仿佛这里就是它的领域
它笼罩我们能够看见的地方

镜头里，我琢磨它细小的举止
更多的是出于本能，就像
客厅里的女士，保持着
迷人的微笑，有着彬彬有礼的腔调

它的叫声撬动我们的孤独
作为一个象征，也许它就是孤独本身
被隐匿的学习和在漫长中
用打开的翅膀去适合那片空虚

旅行的中途，它高不过
我们的视线。如果它高了
我们将不再看见，就像山峰之上
夏日的身影退到声音之中

它看见了什么？欢欣或者悲哀
这锦绣风景似乎从未改变

而活跃的一团，黑色的火？
活着能够感受的生命都是一座山水

2019. 10. 5

野　兔

东张西望后，从城墙的倒塌处
蹿出：隐匿于草丛，似乎变成了绿色
而远处，留下的踪迹微不可见

野兔火锅，它的香气和袅娜
终究被欲望所吸引，倚车有长梦
我们被哪一双眼睛虎视眈眈

一个幻象？像无数没有名字的饥饿者
兔眼里的火苗和块茎，兔眼里的魔鬼
我们可以给这些山水命名，划出它们的秩序

以理性的标注，提醒后来者的关注
——但兔子挖了无数个洞
我们看不见的世界的活跃？

狡兔的智慧呈现于这道山梁间
草丛掩映的洞穴，假如我凝视得够久
我们为什么而害怕？为什么有风

从黑暗中猛烈吹来，并吹薄了
我们：像它从我的视线中逸出

仿佛从没有出现。我们远远地离开

2019. 10. 9

蚱蜢之秋

秋光短促，寒露之后有斑驳
仿佛虫的振翅在渐渐衰弱
如果你仔细听：几声长，几声短

长的并不绵长，短的也不局促
就是风的韵律，摆动、摆动
锁在风中的肉体，锁在肉体里的灵

如果你仔细去打量，造物
有着多少的精妙？像蚱蜢有力的
后腿，搭配它触须的软弱

它小小的身体里，佝偻着
四季的舞台。此刻秋深
能够蹦跶到砖石里去吗？

因为草即将枯萎，敷上了
薄薄一层白霜，大地要把青草收回
在一个循环的周期里，它的身体

就是被风吹空了的棺木
化作土，化作雨水，或化作彩虹

挽留住那些咀嚼和歌唱的本能

2019. 10. 12 改定

一柄锈迹斑斑的古剑

在博物馆的橱窗里锈迹斑驳
它试图说出，还是我赋予它想象的手：
脱鞘带来的光泽早已是喑哑的
鸟鸣。挖掘地，曾经的军营还是战场？
或湮没之血，它让一个生命
在自以为是的保障中佩戴了荣耀
并诧异于那些反复锻造的技艺
和挥剑砍伐时的一致，那是冰冷的
月亮，我们仰望时的标志，
如果它还能唤起我中年后缓慢的血液
无知而愚昧的微生物，在曾经
有力攥紧的把柄上，它们腐蚀了
我们以为根深蒂固的坚硬之物
那种迟钝的回声，那张被倒映出来的
面庞，那种慢的流动
能够让我们忽略，在视而不见的
命运里，它被转手，被抚摸
在传奇中它所闪过的杯弓蛇影
橱窗里，它有一个固定的影子
是在灯光的注视下，我们也许可以
这样贴近于它的重，曾经
有一个人锐利如同刚出鞘的剑

2019. 10. 13

天空之诗

我知道云深处的虚无，贴着
冰凉的舷窗，曾经以为可以无限地接近
如果浮云三千里，御风而行
或在蜿蜒的山道上摸索到云深处的
那道柴扉，言，人世犹有青苔让人眷恋
但能够抓着自己的头发
把自己拉升到陡峭：像高处的积雪
我以为它接近天空，接近
那种空漠，接近于一个彻夜难眠的人
假如他有天空般的空旷，风
是天空的一部分，而沟壑吹出了
它的形状，它的暴虐和温柔
天空能够装下这人间盛大的黑暗
却无法照出我身体里的荒凉：
采药去，在充满惊雷和闪电的天空
一个人，以天空为镜
那样地虚无，那样地饱满，那样地干净
又是那样地肮脏……天空下的
蝼蚁，瞥见之处皆是门，唯有风吹

2019. 10. 7

八百里秦川

"岂曰无衣？与子同袍。"
山川如此壮丽，阳光如此开阔
八百里秦川是他们的开始
从山道上逶迤——

一如我此刻远眺，河流
带来城池，树木召唤飞鸟
坡地上的野花如潮水般汹涌
它们只是随遇而安

那柔弱的草茎繁衍出一个天堂
灿烂、光亮，有着最初的绽放
是他们的声音吗？魂魄
归来，早已和草木纠缠不清

在反复的循环中得以保存
他们的精神，当鹰隼盘旋
山谷宛如骏马奔腾
苹果林的芬芳深深沉浸了我们

大地让生命之重垂垂下坠
多少年过去了，河流

倒映着那张恍惚的脸：

"修我甲兵。与子偕行！"

2019. 10. 27

卦台山

天然的，还是人工修葺？我
打量那段土墙的来历：物自有来处？

隆起于山川之间，拱卫于这些古柏
天生的屏障吗？天圆地方，探身看一看，

我的脚儿打战。悬崖！悬崖如吼！
高高矗立的方正之山，集聚之地

它有万仞高，却和我们一样
置身在苍穹之下并不能摸着了天

羲。我们吐出的气，传承于他
弥漫于怀，是否能掐指一算？

东升西坠，日月以固有的秩序运行
观察并说出它们消耗了有些人的一生

生命如草茎的短长，也如它们一样
泛出被光照后的葱茏，在秋日慢慢枯黄

直到绿草重新披覆，蝴蝶栖息

在一枚竹签之上，有人梦见他的漫长

2019. 10. 28

大地湾寻地画不遇

羊，牛，狗，星群，狩猎，
以及交媾……他们涌出大地成为一个个符号
简单的笔画，好像能保持那最初的模样
从被遮蔽的地下挖掘出来，如果
日常的叙述能够流畅地表达
请允许能让他们丰衣足食，在长尾巴喜鹊
翅羽的阴影里，聒噪于一种饥饿
欲望如雨，能够在一片空旷中
建筑起庇护之屋。这些泥柱、泥台
和泥墙，时间赋予它炫目的魅力
在泥沼中它有上升的通道，正如它们的
涌出：印刷品中的风，像是
那些刻在岩石上的事物，记录下
一些被忽略的细节，也许还有沉重的
日光倾盆。我问蒋浩：你找到了吗？
带着好奇和探究，蒋浩说，没。
两个失望的诗人，而导游在人群里滔滔不绝
那些画的深度和广度？时间的密谋
"这些画已收藏于博物馆"。我让眼睛
适应参观区昏黄的光线，大地之门？
给那些微不足道的事物命名
土地之下，藏着我们的技艺和觊觎

2019. 10. 26

渭河之侧，在夜色中遥想
杜甫客居天水过李白故里时会如何寄怀

天上之水，从北斗的漏勺里奔流到黄河？

不，只是在渭河之侧，人间的烟火
已经多久没有见到，如果你的身体里
藏着另一个，不同于这具皮囊的忧心忡忡
他是一天一个惊奇，浮生里
伪装的醉，酩酊于那缕月色的清幽
我们假装是另外一个人，喊着别的名字

我羡慕你，千秋可以放弃
觊觎于这独一无二的山水，你是山水的
守护者：长风几万里，可以扶摇，可以轻舞，
可以纵情，并且把那轮山冈上的明月
当作你驰骋的骏马。每一个人
都将是自己的异乡人，而我们认出了彼此

镜子里的人要和你背道而驰
又殊途同归。诗，言志；诗，抒怀；
或者诗就是生活的本身，当秋风
掀起栖身的茅屋，风，灌满我干瘪的身体
那些诗早已脱离了肉体：我在抱怨，喋喋不休

而有人骑剑高歌，有着踏歌时的虚荣

他是另一条路中走来的我，那个
我一直想要模仿的人，但江湖多风波
舟楫在波涛中打转，而岸边的古树
在连绵的秋声中凝眸于我们
薄酒一杯，时间束缚了我们，如果时间
敞开，那么完成这命运的馈赠？

抽刀断水，影子如夜鸟啼声的深邃。

观　星

长河浩荡，
给予它们瑰丽的命名
我们看到了那些秩序
光的抵达，
此刻星汉灿烂
我们的镜子？
它们沉默，即使有沸腾如火
我们无法感知的喧哗

寂静，
在雄马鹿求偶的嘶鸣里
一道小如凉风的缝隙：
城市在远望中
只有一个轮廓
远如火星

我们并不能真的看到
在那些熟悉的生活
所掩盖的荒芜里
有人收集露水
能够炼制出生活的魔法？

辨别它们，以自己的方式
指点出它们
我们，星光的囚徒，
在一个近乎奢侈的夜晚
回到孩子的眼睛里
凝视奇迹，通常
它并不发生，就像土星的光环

看起来像是平衡着的羽翼
而只是被重力所牵扯：
簇拥着的孤独，有着成倍的星空。

2019. 11. 13

在野地：流浪狗

荒芜之郊野，它将归何处？

撕裂了空气震荡中的蔚蓝
这熟悉的动物
让田园背负在一具奔跑的躯体上

我们讨论着它的品种
纯？串？从贵族过渡到了平民
来自南方还是北方？
或更加遥远的彼岸
漂洋过海，在繁衍中一次次
递过那些菲薄的盐

像是落日融入它此刻的肉体
假如有召唤，在饥饿和寒意的侵袭里

从它的身影中
认出那些名犬的影子。出生时
无非是对地方的忍耐
它们集中在它的毛发
和它洋溢着欲望的眼神里

它害怕我们，或天然
亲近于人类：像此刻的犹豫
是一种徘徊。它接受了怎么样的
血液，并从这血液中找到
那些痛苦的边界？
狗的种族，像是喉咙里共同的月亮
每一缕气息都在扩散

以嶙峋之体越过那道土墙
在我们的影子里永无穷尽

2019. 10. 17

石

在树木的掩映下，它是孤独的石头
在云彩的俯瞰下，它是坚硬的石头

它是山冈上的石头，像是
被造物
抛弃在这里：突兀
有着海一样深邃的寂静
但没有海水的喧嚣和色彩
它像是一匹马融入了风

鹰的栖息地？
归人？它的矗立，大地的
另一张面孔。风吹不动的石头
疑惑于它的到来，一个
空空的巢穴，无数条
环绕于它的路径

当石头秀出于土，门还是耳朵？
侧耳听，多少年这里毫无变化
侧耳听，多少年人来了又走远

此刻，当我与石相遇

像是一匹马融入了风，像是
一滴水融入大海：
扩散、扩散，直到遥远处
看不见的城市，石沉入大海

2019. 11. 29

唯有夕光打在我们的脸上

溪水中
白鹭与鸭子一起徜徉。在白鹭
没有展翅之时，它们是否认为自己
都是同一个族群？
修长的脖子，像是蓝天下的问号
如果在流水中看到自己的面容
就把头深深埋入
和自己的影子融为一体

亲密的嬉戏，山水有它的悠闲
不为沉重的山峰所压迫
我们远道而来，风景的开放
实际上并不属于我们
它只是默许，或者让我们进入
但保持着它的沉默

也许是我们惊扰了它们
上坡时汽车的轰鸣
突然加重，像是记忆里猎人的脚步
如此艰难的生活：白鹭掠起
仓促中展示着那种从容
而鸭子伸直了茫然的头颈

对于这样的闯入
它们早已司空见惯

唯有夕光打在我们的脸上
这些步伐里的秘密
从我的眼睛里可以看到
那只逃逸的白鹭，腾空后
接近于山色里的雾气
夜色将临，我的体内雾霭苍茫

2019. 12. 7

云的两章诗

1

在夏季的虚无里，用汗水
去找到云的想象力，像挽留住了
一阵稍纵即逝的风：时间的
高跟鞋？被锁住的雷霆吗？
我开始眺望的地方它已结束

2

晚安的时代里，请倾听
挽歌浮现：当狗踩着细碎的脚步
忠诚于它自以为是的祖国
——它把这岁月理解为我
我只能更加去赞美云的沉默

犬　吠

它听见了我们听不见的
突然的激动，甚至暴躁
像一块石头从高空坠入水面
它啊，像是撕开了黑暗
那不可知的声音，
那隐秘的战栗，拨动了它的
哪一根神经？

出于本能的咆哮，恐惧
还是对陌生者的敌意
用压低了的嗓子它筑起一道墙
"不可逾越"。它警告
夜凉如水，无边无际
夜色拉我们从一个梦中
离开：在安静中听到你自己

趴在我的脚边，蜷伏于
漫长岁月里它血液中的温驯
然而那尖锐抵达它垂下的耳朵
在我们茫然无知时
它用低沉的呜咽告诉我们
有些事物一直都在，

我们不曾察觉，但它们

就在附近。如果忠诚于
这被驯服了的日子，全然
接受那抚摸的手，触到它皮毛下
轻轻的抽搐：在害怕什么？
当风和月光涌入敞开的门，
那么月光的阴影里
它发掘出完全不一样的自己

2019. 11. 12

走入石头的狮子①

衔着四十二摄氏度的夏日昂首阔步
多年前的皮囊，在黄道中抖擞着它的眩晕
此刻，依然皎皎于其里

从坚固的石头里跃出
它鬃毛披散
当强劲的体魄、稳重的步伐，来自哪里的雄狮？

是被遮蔽的星辰和隐秘的血脉
在如此庞大的繁华里
渴饮落日，如果风吹着它的荣耀

王，或他人的血
卑微者早已化为乌有，高贵者也是
同样的乌有：它潜行于我们的血液

在咆哮中脱落的翅膀
浮现出一个天堂的影子：走入石头
在虚构的影像里它有深深的鞠躬

———————————

① 致唐晋。

守护于我们的梦中之梦，生活着
被无边无际的睡眠所充满
当他活着而走进石之永恒

将早于寂静聆听到流水
将饥饿，将从东方欲晓的白中遁去

2017. 7. 23

掏米洞①

1

来自虚妄中的，在夏季
是它不曾枯竭的柔软之火，即使
山下的大海已成良田，即使
能够听到海水的蝴蝶之翅

盈盈一水，穿越这巨大的岩石
它的形成出于一个想象？
自然的神迹，如果我们在俯视中
看到脸庞晃动，饥饿的隐喻？

凡不劳而获者终将消逝
这水的背影，馈赠，或我们看见的
余香。在最初的挤压和碰撞后
它以偶然的获得说出孤寂的真相

以一滴空山的鸟鸣撬动

① 掏米洞，位于慈溪伏龙寺侧蛇打滚坡地上，是一脉裸露的泉眼，水波清澈，终年不枯竭，传说以前能掏出米来，后因掏得太多而断绝。此诗致传道法师。

我们内心的黑暗，化作这不竭不溢的泉眼
在这荒寂之地，它擦出风的声音
抵达我们每一日的劳作

2

对于饥饿的幻象，在我们寻找的路上
它是独特的吗？像一个
韵脚，置身于当代我们并不讲究。
但石头依然是石头，词与词之间的
缝隙：隐约的声音，封闭而自满
如果那里有彩虹升起，而我们相信
现实摩擦着梦幻，更多的地方
藏着我们梦中的惊奇：
源源不断地，满足我们的饕餮
没有穷尽的欲望，像独眼之巨人
挖掘那黑暗中坚硬的光
在开阔处，让我们看到七彩的声音

2019. 4. 3 改

在杜甫草堂

1

在声音嘈杂之处，李白
也可能是苏轼，或是另外一种抵达
而他们的脸藏在这些人的脸之后
把蝴蝶当作蹁跹的落叶
无非是偶然中写下：这些山，这些水
山水勾勒之处那幽暗的火；
无非是背诵一两个句子，心有戚戚
你也许梦见过似曾相识的今天

给予你的命名，如这扩大了的庭院
深邃的叫喊是孤云独自闲？

2

我并不理解你。或仅仅理解着你的表面
像饥饿，来自内心的怜悯
也许是广阔大地上高耸的山峰和建筑
也许是浮云摇曳的影子
以你的名义，我们拥有不倦的赞美

眼前，这精致的茅屋

被风吹过后一修再修，追随着时间

它修正我们的眺望，并在夕阳的泡沫间

赋予我们觊觎的翠色。仿佛

那么多年的夏日堆积在我们的头顶

响成遥远的惊雷：你的褴褛

浮现着我们的局促；你的孤单

造就这无尽的旁观者。无尽，无尽的喧嚣……

3

风，越过我们身体之间的空隙

影子却浑然一体：我们的，和你塑像的

阴影，它们有着一致的方向。

或者你被牛肉的美味所挟持

为尊者讳，他们顾左右而言他

尖锐的现实？当我触摸到你的温度

一片冰凉中它有微小的眩晕，像

蜜蜂小小弹出的刺，它带给世界的痛

却付出低于尘埃的肉身：几乎不可触及

或者我们说出了它，门槛之后的

禁忌？说出却不道破，听到你身体里的人

在七情六欲间猛然被风抓住

4

我瞥见两个黄鹂跳跃，似乎在相互
取暖，但沿着翠柳的枝条看去
看不到一只白鹭：这是否就是空虚？
如果能听到深山伐木丁丁，人走了
山还在，草木用更深的绿色覆盖每一年
可以当作是一次远游，你的气息
俯瞰于这些在抱怨和欢乐中徜徉的人
对世间的渴意滋润了你：一缕
清晨时梳下的白发，是知时节的雨。

2019. 7. 21－7. 23

第四辑

佳　节

唯有你可以召唤，那些哀伤和愉悦

我知道，是他们，活在你给予的琥珀里

绣　像（组诗）

金陵客

来自，恍惚年代里的人
一个意志的蜷伏：走过了
太漫长的路，他有侃侃的谈吐
暗藏着年华和经历——

影子落入那手势
飞动的鸟，季节左右了我们的来去
谁给他驿站的泊？
回首，如清风一曲的弹奏

客从梦来，或者
昨夜深不可测的人
裸着身，有玫瑰一样的热
陌生带给他新的惊异

挥一挥衣袖
一个人能带走什么？
当孤独的时候似曾相识

他来、他去，就仿佛从未出现

2002. 12. 5
2015. 6. 10 改

鬼

我有太多的形状
出于想象和模仿。他们
写到了纸里，却画在心上
因为殊途，我从未揣测过
——人，究竟有什么样的
灵魂？而他们
猜忌着我，魑魅魍魉
化作了一溜风儿
他们的影子，像是自己的尾巴
谁能够踩到他的肩膀？
他们热衷于这虚饰
把面具给了我。我想是
他们怕或者爱，其实
我并不存在，我在他们的身体里
成为一声尖叫
但他们陷入了深深的困惑：
是什么在他们未知的地方
怀疑？日子如影随形

我随着晨曦前来造访

2002. 10. 11

武松：或英雄之梦

我庆幸那天喝了酒，醉眼蒙眬
把老虎当作了猫——
不然，看到她我为何如此胆怯？
我的颤抖并不出奇，一个人
从我的衣服下悄悄逃走了

俗套的故事，满足
那些嗜血的人，他们
需要一个高潮：当生命发生转折
我为什么要去阻止
一个傀儡的复仇？

连自己都无法左右
这舞台的风暴。我迷上了
虎皮里的戏剧，刺客向我走来
狂暴如潜藏着的手
反复无常是我深深的火

2002. 12. 19
2015. 5. 21 改

哪吒：儿子的传说

接踵而来的是抛弃，因为
光阴悠悠，我的身体有着太多的责任

那已经迷失，背离了
初衷，他们向虚无表达着忠诚
而我习惯于寻找

另一种表情，仿佛澄澈的
莲藕，赋予生命再一次的可能

连纯洁也是阴郁的：
父亲，我能够相信谁呢？
一个真的肉体脱去了壳
而影子又在

水面上，被那些幸福的人群迷惑

神话的年代我成为现实
这很不幸，我知道。

2002. 12. 23
2015. 5. 15 改

狐：一个妖精的梦

穿堂风妩媚，真的
像一阵风，携着她的小碎步
插播了云的消息：
因为它形成了雨
比一簇灌木还要孤寂！

这一阵风让人想到
另一阵风使人徘徊，是什么
在我的骨子里渴望？
什么了无痕，借口
就像一扇不能穿过的门

伶仃了的伞
遮着意外的影子，小女儿
怎样的脚涉过了草地
波荡如你衣角的涟漪
——我知道，这声音

是书中的妖精。在恍惚午后……

2003. 1. 15
2015. 6. 3 改

西门庆

——每个男人的心里都有一个潘金莲

如果不是太快，肉体是他的筵席
我相信，他是我的兄弟
告诉我幸福的方向：他过于倾心

他有堂皇的理由，醉生
并不梦死，还想更好地活着
挥霍只是一次次积极的消费

他用全部去赞颂——
妖娆的、妩媚的、那些夺目的容颜
因为她们就是春天的宫殿

他的盲目恰恰是我的虚构
骑风的人，吹箫的人……
孤寂在华丽深处的黑暗里

我深谙他的畏惧
如果全都是泡沫，证明
来得那么及时：他们都吃着他

2003. 2. 21
2015. 6. 6 改

炼丹士

奇怪的念头总是纠缠。火
舔着他的命根，这
昂扬着的独眼
被煎熬着，焦虑是他的
护身符：他期待着永生，像
一本书期待着流传，虽然误会了
生命，但从不曾误解生命的渴望

他知道这是真的，皇帝的游戏
来自长生的传说——
处女和香料，反复地添加
证实土地的虚妄，
和不可捉摸的阴影
他不断冶炼这影子，
在火中，看到自己模糊的脸

——生是一场大病
而生活就是治疗。有时
他这样认为，把谎言
说得让自己相信
谎言就是真的。对不起
当他若有所思

他知道荒诞也是薄薄的一册

2003. 2. 24
2015. 5. 19 改

侠　盗

他就是一个远方
或者是一阵风，满足我们的眺望
在狭窄的想象里
他是那新天地：他的狂暴
是另一个不出声的我们；
他的怜悯，是我们看到
另一个走来的自己——
如果他余生飘摇，我们给予他传说
如果他江湖逃窜，我们讲述他故事
但他的脸庞始终隐约
他蜷伏在我们的皮肤下，
在我们秘密的血液里，他活着
一个远方，一阵风
一座被眺望的旷野

最终，他是乌有。
最终，他是人群中的一张脸。

2015. 6 改

卖油郎独占花魁

——傻人有傻福

觊觎，我们都知道。
那欢乐如此简单，而他是懵懂的
让我们喜欢简单的事物吧

质朴？不如说他是傻的，那声音
高高的，像是被吊了起来——
他，一眼看过去，几乎就像是一阵风

他是透明的，在来来往往的人当中
但这身体是温暖的，甚至有小小的颤抖
紧张？还是恐惧？他的声音还会更低

空中楼阁谁来走？梦中娇娃最妖娆？
她只是一个想象，老大嫁作商人妇
偶尔说，恨不相逢未嫁时

偷来的欢乐，满足你们的想象：
故事要个圆满的结尾：
风是站不住的，风其实不讲道理

2015. 6 改

隐　者

留一点白？好吧，把群山留给旷野
把河流留给雨水；把你
留给我们月下的对饮。我们退回到
各自的影子里，像随风摇曳的松叶
没有风时，它在我们的心中动
而我们，回到我们的植物年代，
当我们所拥有的动物岁月
陷入到一种不知名的安静里
我们品尝到的欢乐，像一把遗失了的钥匙
我们找到时，却找不到
那扇可以打开的门。和自己对饮，握着
那些长满了苔藓的喧嚣，我们
让时间形成了一个空缺：他们终于
忘记了我们，像他们所忽视的植物的美德

入梦四帖 (组诗)

邯郸记

如此倥偬，在白驹过隙的时光里
还有比这更加短促的吗？像镜子般晾开的一滴雨

从炫耀的舞步间你看到一个虚妄的时代
但并非一无是处：娶妻生子，建功立业

当一头骆驼能够穿过细小的针眼
这宽敞房子的主人如今去了哪里？①

移花接木。屋檐下的雨
浇灌着前朝之树，它蓬勃如孔雀开屏

我们无迹可寻，那些活泼的人
那些压低或抬高了的声音

那些被雕刻，被塑造，和被虚无了的人
都是痴人吗？卢生的黄粱，枕着谁的后脑？

---

① 遂昌有汤显祖纪念馆，由他人老宅改建而成。

看他楼起，看他楼塌，学步的
依然蹒跚：我们早已忘记最初的喜悦

旅途不知餍足，当风景重叠：休止？
我们学会用统一的嗓子去说话

但把你压缩成一个符号，一种美学
在假声的舞台上，把你分裂成穿梭的风

然后束缚成小小的一束光，此生漫长
或者就是足够的短：如果我们能够知道

紫钗记①

如果要赞颂，爱情或者良知
我们有一样的怯懦：悲欢离合
但是你看见了，人世间这小小的窥测
一把钗子晃动着的紫色之光

他年的容颜，一个可以记忆的
事物：它是平常的，和我们
走动着的身体一样；它是通俗的
以至于它就发生在我们身边

---

① 《紫钗记》为汤显祖四梦之一，说的是霍小玉与书生李益喜结良
缘，被卢太尉设局陷害，豪侠黄衫客从中帮助，终于解开猜疑，消除误会。

这山水似曾相识，连鸟叫
也像是一滴悄然下垂的黎明
我们将从睡眠中醒来，每一天的重量
这样压着我们的眼睑，又让我们看见

所以有这样的人，他们早已经走散
在另外的地方开始追忆；
他们以为自己是特殊的，却真的
是彼此的模仿，当树叶藏身于树林

但一定有另外的人为你争夺，比如
写下的相逢，呵，那是你柔软之心的嘀咕
影子挡住了光，而你卷起风的方向
直到我读懂这山水，我们辜负的光阴

让他们替你活着，不果敢，也不虚无
日常之物被刻入乌云和雷霆
唯有你可以召唤，那些哀伤和愉悦
我知道，是他们，活在你给予的琥珀里

牡丹亭①

请相信她只是爱上了自己，从一个梦
走入另一个：如果情不知所起
你相信是镜中人和她合二为一

------

① 《牡丹亭》初稿系汤显祖在遂昌时所写。

你从她的梦中抽身，牡丹盛开的花瓣
或者是琴弦间料峭的背影，像手
被自己的额头所烫着，她推醒了身体里
另外的人，并找到他在俗世的喉咙

这声音飘荡，在人群中相互传染
那么一致的水袖，婉转的唱腔
又遥迢又贴近，对镜黄花？我们
只是在自娱中一生反复？从一只蝴蝶
张开的视野：柔软的翅膀
却挟过万重山，滂沱和雷霆，缺席于
斑斓之光，也退避于那影子——

凸显的时光之谜，假如她爱上了自己
别样的孤独，双生儿，你
从不曾误解自己，沉迷在离合之间
抛弃和融合，或者更多是肉体的荡漾
我知道你活过生生世世，洞悉于
这里的隐秘，你只是打了一个暗语
时间里的消遣：请，请随她抽身而去

南柯记

在虚构的世界里，他的国？
有人羞耻于生活在这样的时代
难道他骑着鹤吗？

难道他有你看不见的歧途？

一梦天欲晓，而他，有着我们
并不知道的日日夜夜，从一个角度
换到另一个角度去眺望：
这秘密你从不曾说出，或者是

我们都不曾看透，款曲暗通
打开曾经汹涌的泪滴，夸张的阴影
张开如翅膀，秋凉、春暖，当你看见
雪已覆没了西岭，恰有人茫然回首

一如蝼蚁，且让人醉生梦死——
他是说醒来，这低的声音
正好让你听到。但我们手中的酒尚温
有人测量着夏日的重量

是什么比喻了我们？不如归去
从一个壳脱身到另一个壳中
斟酌这流水的锦绣，这韶华的刹那
有一些事物从我们的身体里觉醒

古道边，遥忆汤显祖①归乡

溪出群山，而我们在山的深处

---

① 汤显祖在遂昌任知县五年后挂冠离去归乡。

那些草木的层次似乎点燃了多余的时日
虚度？秋色的灰烬，还是在这一天
光线渐渐变薄的瞬间，我们认出了
苔藓下那些岩石的纹理：它们
被冲刷，被断裂，被鸟雀们的鸣啭
带入山间的迷雾，而那棵孤单的树
依然俯瞰着严冬即将到来的山谷
依然会有人声，会在喧闹中突然寂静
和多年前的那个人一样，倾听到
天空滚动的沉默，万物是它的心事
但沉默是他的描摹：五花马，千金裘
细小花香里的伶仃，我们啜饮
夜色依然以寒意和黑暗倾杯
请自去，对弈者，只要那条路还在
找到你坐过的那块石头，或者
从另一条分岔的路上走过。榧子
用狭小的眼睛注视着你，唤起
舌尖上的欲火，或给予我古老的饥饿
我愿意在你的身上认出自己——
溪水流过石涧，流过草木，被一只鹭鸶
轻易地总结：余生开阔，落日稀疏

佳　节（组诗）

我们回到这里，闲暇的码头
我们吃、喝、走亲访友，通宵达旦
我们找到时间的痕迹……

除　夕

1
一开始我们是完整的，
在多日之后，我们再次回到这里：
从拥挤的春运和分开的人群间
如果时间改变，或者
它被缩短为一瞬间
照片里的容颜，在认出的片刻
孤寂消逝，但房子低伏
即使它有着高大的门楣和窗棂
一个循环的时间是封闭的，
那些风流动，时间的种子，
万物之始吗？
不，我们从这里出发，又回来

2

来到这些时间，

从舌头和沼泽所燃烧的篝火间

那些弹奏着光亮

和黑暗的日子，让我们放松下来

松弛于一种莫名的倦怠

冷冬将成余烬，个人总结也已打印

一年只是表格中简短的字句

有什么一直追随着我们?

一年将尽，一年之初

是的，遥远的爆竹声，

"凶"兽将临，它虎视眈眈

那么多年如影随形，

或远或近，在我们的呼吸和薄薄的

影子里，落叶摇摇欲坠，

树枝累了，如果有血液返回到躯干

我们需要有一个新的空间

或开始

3

那么闲暇，那么缓慢下来

聚在一起——

在美酒和佳肴里，放肆于

那些浅薄之辞，或在虚浮的笑声中

感觉到生活的重量

有一些事物推门而入，

趁年华？感知于夜色的凉薄

这一刻，是否有着更多的区别

比如鼾声

和几乎凝滞的温度计，携带着

记忆，远眺。睡眠的节奏。

以及我的保持。

当岁月将尽，冬日将尽

那些时间的灰烬，在光阴的侧面

一个守护之夜的疲倦

未遂的雪积膝，声音空漠

我让身体放松下来，完整于自己。

正月初一①

1

空气有着最初的稀薄，像阳光

有着开始时的柔软。窗含西岭，千秋在睡眠之外

一条街波动，看不见的涟漪，谁闪着

那一瞬的雪意？开门即喧嚣，沉静如花开

---

① 正月初一有风俗不可动扫帚，不可向外泼水。

我们把它命名为开端，一种仪式：
岁之朝，月之朝，日之朝。或许是一种出发

屋檐下，水滴成锥。疲倦者拥被高卧
一年的雪下在他的身体里，一年之始的荡漾

像孩子从枕头下摸到他的早晨，经济的喜悦
自由为他裂开的门缝，白驹过隙时小小晃动

2
无法守住的岁，正是东方微澜的恍惚
而扫帚灌注着它东方的魔法：休息的一天

我们怀抱着富贵的气息。不可扫走运气，
不可把水泼向外面。如果是出于自省和内敛

我听到遥远的爆竹声里躲着的神灵
它依然悲悯，灶神、厕神们依然各司其职

把这一天过得如此简单，近乎透明
但转眼就是白头，我在这一天醒来

春天在身体的暗处扎下了根，它破壳
睡着时我得放松那些紧张和防御——

正月初二

猪、羊、鸡、鸭、鱼……它们在桌上
有被赋予了的意义，将抵达共同的梦境
当它们在驯服中无声无息，我知道
物尽其用。但这是正确的打开方式吗？

因此回到我们曾经住过的地方①
朱颜未改，乡音犹在，突然蹿出来的童年
一面镜子可以照见我们的归途
或者是开枝散叶的去处。你悠闲于

屏幕里的惊涛骇浪，而内心的平静
在这样一个时日，无数波浪之间的低谷
让你躯体里的那个孩子发音，
他统治于这一天：混沌②，午时的祝福里

仿佛左邻右舍，一件礼物递出
以便于确定我们的位置，在众人之间
我们丈量到自己在世界的定位
没有太近，也不能太远，就像房门虚掩

光能够露出它和黑暗的争吵

---

① 正月初二有女儿回娘家的风俗。
② 混沌，与"馄饨"同音。民间初二有吃馄饨的风俗。

模糊的氤氲，而黑暗勾勒了我们的
钝滞：被那些虚荣的事物所敷衍
门窗外，犬吠渐入人影。

正月初三

1
羊日。但愿天气晴好。
来自女娲随手捏出的形状：
这一日我们不可宰羊，
为了这温顺的动物
驯服的叫声。我们走过庄稼的阴影
悲哀于事物以循环的方式
打开我们：

但我们可以宰鸡，杀鱼，在短暂的怜悯
和对饕餮者的举杯后
"烧了门神纸，个人寻生理"
日已高出，露滴尘土
松柏的香味里，举头三尺
终究有出门的理由，新就是旧

2
有小小的触及，
比如果腹之物的生日①：感恩于这赐予

① 民间以为正月初三为谷子生日，这一天祝祭祈年，且禁食米饭。

我们当禁食米饭，当祈祷，当五谷丰登。

3

风和日丽，不如走亲访友
对饮，有若干的回顾和展望

或登高，树叶稀疏正好适合远眺
风压住了树枝，而台阶高过我们的膝盖

江山值得斟酌吗？不，
我更关心于这些俗物，像一条仿古的商业街

兜售离我们远去之物，轻的，廉价的
不可遗留的吻，隐藏之深的问号

明天有雨，降温，但今日微醺
落在纸上的海市蜃楼：且饱食终日

正月初四及空白之日

石头里有紧闭着寻找绽放的花？
蜜蜂在盘旋中能寻觅春的气息？
风吹过的书页，有着海般的浩瀚？
我读到的命运，在睡眠的深度里？
这一天没有特殊的意义，我整理书房
他们的经验和我有关吗？

关于这一天，没有别人的解释

所以它是我的，我喜欢在平淡的空白中

写下这微小的颤动，残存的

没有那么拥挤的日子，嗅到

樟木的清香，从夜色和尺蠖的距离间

正月初五

1

这一天早起破晓，少了雄鸡一唱。

百无禁忌？我看到细小的灰尘蹁跹

将进入这年最早的忙碌，之后

诸事均宜？微光笼罩着房间里的寂静

此刻如梦方醒，一岁又长

屋外空地上荡漾着绿色的叫喊

有些事物回来，有些将不再看见

送穷，迎财①。

词固穷，意深远：泥淖上的

鸟足痕，人世下半场，当早睡早起。

波澜渐起于枯枝折断处，有风过

顿时安忍不动如泥菩萨

仰望着蓝天，鸟巢空荡，一个问号

直到春天把它湮没于一树苍翠

---

① 正月初五，俗称破五。有送走穷神迎接财神的风俗，宜开市贸易。

如有些我不想说的，余生不会再说。

2
少不得一日三餐。
这时候开门纳客，拱手为礼
一句好话暖人心
对的，孩子们都前程远大
老人们都福泽绵长，我们走在桥上
两岸屋舍的倒影吸入我的倒影
在清晰和浑浊的水面下
呵，有多少暗中流过的往事，多少生命
活跃在我看不到的地方
我的世界，只是我看到的模样
但绝不盲人摸象，绝不涉水过河

3
花的魂魄，山水勾连
少年人从不懂得欣赏，正如四月里
牛嚼牡丹，果腹之火何来美丑
有多少东西可以用来消遣？

像沉迷于牌局中的人放弃了
出牌的机会。
此刻假期将尽
一夜未眠者直到雾气消散
老人们带来风景的喧哗

白日放歌须纵酒。喝吧，
在这薄薄的日子里，积雪消融
气温回升，高领毛衣有些造作
而梅花正把香气蒸出

正月初七①

第七日，女娲从水中看见了自己
于是漫山遍野都是直立着的问号
在鸡狗猪牛马之间，人有一个莫名的诞生

就像它们披上了人皮，被无知所点亮
而我们的身体里都蹲着一头动物
生死疲劳，谁会凝视针尖上的一滴血？

生而苦，或苦中作乐。遥远的年代里
水之滨，山之脚，人们头戴"人胜"
巧手剪出，模仿于造物，剪彩为花，也剪彩

为人：与镜像中的自己相遇
或有登高赋诗的台阶，在风的另一边
我们能用声音惊醒睡眠中的灵吗？

如果她藏在一只鸟短暂的生命里
相比于我们的百年，那一瞬间的流光

---

① "人胜节""人庆节""人口日""人七日"……

无从寻觅。我们开始又一年的工作

这泥淖曾是我们的肉体，种出庄稼
让我们在引力中被牢牢地束缚
楼越砌越高，我们还能在俯瞰中看见自己吗？

正月初八

正月八日，石磴巷放生，笼禽雀、盆鱼虾、筐螺蚌，
罗堂前，僧做梵语，数千相向，纵羽空飞，萃着落屋上，
移时乃去，水之类投皇城金水河中网罟笋饵所希至。

——（明）刘侗《帝京景物略》

1

顺利于这一年的开端，或者是
一种仰望：星出，长夜空阔，或已司空见惯
但今天给予它一个仪式：
我们望天，在案头、灶台、门槛等处
置放下一盏灯，散灯花儿，把这些气息
融合在一起，万物悠悠
我们充满草茎般盎然的汁液
从冻土中探出身来，与风相互交换

星空有它们的秩序，即使我们的视线模糊
无论我们是在平原还是高地，在海上还是山中

这是祈祷的夜晚，自我的看见
我们点燃了那些星，它们的名字，和它们
所照见的我们：行走在它的视野里
其实它们从不为谁升起，
但我们以为它们会，供奉于它们，祭祀于它们
直到那些灯油枯竭，灯花飘忽

这一天，我们行善积德，嗅到大地的荷尔蒙。

2
让鱼回到水里
把鸟还给翅膀
让杀戮者展示它的天性
把高亢的歌喉再次打开
物竞天择？偶尔
我们描摹了下这山水
给它一个动词
我们放过了自己
汹涌的泪：一行
出于黎明，一行出于黄昏
这是一种感激？
来自别处的灰尘
腾空笼子
被再一次装满？
让灯油灌注回
那空荡荡的躯体

泥菩萨于是看见

3
返回到事物的最初，我们所看见的
霜结板桥，有人赞美于鹰的锐利
和它影子里的荣耀，它高蹈于丛林

回避我们，文明的紧身衣，冰和火的
未遂，我们吸收了它们，排泄到体外
但魂魄是否已经秘密中转换？

鹰踪绝，麻雀有过一场浩劫，但
弱小者以它的繁衍作为抵抗
这是诗？鸿鹄高飞时，燕雀安乐中

比如放开了它们，我们放弃，放弃
无力在风中的缰绳，无形的马驾驭着
一生的劳顿：仰望星空，填满这虚无的肉体。

2019. 1. 1

正月初九：天公生

天圆地方，天地间渺小的
一个点。我们总想找到生活的意义和秩序
并在最中心的地方放置下重要的那一个

他品尝过所有的荣辱，在失败
和毁灭的边缘，他主宰了自己
在这一年开始的地方，我们祭祀于他
三界十方，人间万灵，天在上
他的言语决定我们这一年的冷暖
他的臧否收割我们的泪水和喜悦
清香花烛，有天的地方就有他
我们敬畏于，这些看不见的生灵
在我们的周围，在我们的思想里
在我们读过，和我们走过的地方
他一直在，比如一个小小的趔趄
一声微弱的咳嗽，或一簇焚后成烬的
火苗，在他的涟漪里，我们
看见自己的镜像：从呱呱落地中走来
永生在这些传奇出没的山水里

2019. 1. 2

正月初十：石不动①

十，石的谐音，石头的生日
不是猴子的迸裂，不是石破天惊
仅仅是我们周围的石头
给它一个生日，物总有其来处

---

① 初十为石头生日。这一天凡磨、碾等石质工具都不能动，甚至设
祭享祀石头，恐伤庄稼。

我们从来处来，在石头的沉默里
照见自己，并在石头上雕刻
赞叹于它的逼真，那是石头的声音吗
它从不模仿我们的动和静

磨、碾……顺应于这石的天性
斧、锥、刀……小小地改变它的痕迹
在它阴郁如火的面容间，它
不动如大地，但猴子一翻八千里

赋予它魂魄：礼遇、感恩，
让忙碌之物休息，在化为齑粉的水流中
抬着石头神行走，如果在孤寂间
走入那石头坚硬的心，风也许吹圆了它

也许给它棱角。我们以走入石头的心
走入漫长的时间，以夜色开始的一天
在夜色苍茫中结束，但傍着石头的火
从不会烧着石头。石头不动

通常的一天，我们命名了它
通常之物，我们捕捉了它。藤蔓纠缠
一块做梦的石头，垫脚，还是立在
山道之上？无用的顽石，正好明天用来磨刀

正月十五

蓦然回首，那人却在灯火阑珊处。

——辛弃疾《青玉案·元夕》

1

闹腾着，千树万树的灯，夜之花
人是这低沉苍茫中的剪影
深度，不如看他们杂耍，看他们
用微亮，或灿烂的光
敷衍出这样的繁华：春过十五
春衫薄去，而春意如此流转

如果选择了一个面具，身体里
就会钻出这样的动物，孩子们选择
糖果的形状：那糖，化身到他的身体里
这一年，他像这动物一样撒野？
提前挥霍了一长年的快乐，
它是一个总结，我们幸福的宽度和狭窄

灯亮了，把灯点到这一年的喉结处
把灯汇成海的波纹，并扩散于
城市的深处，而在乡村成为风的呜咽
让灯照亮你所看见的方寸之地
甜总归会消失，从舌尖

移到胃的料峭：我们有多大的饥饿？

2
点灯。
汉，一天；唐，三天；宋，五天；明，十天……
辞旧迎新，是否一切都可以原谅？
我不为消失了的羞愧，对还未到来的
我并无期望。

白昼为市，综合体里喧嚣盈耳；
夜间燃灯，夜色之中星光暗淡。
在记忆的边缘，它花样翻新，欲与天公
试比高？这人间的模样？好吧

孔明灯升空，犹如溶于水；
荷花灯飘远，仿佛满天星。此刻
有灯照亮我的声音，它点亮谁？

3
无不散的筵席："十一嚷喳喳，十二搭灯棚
十三人开灯，十四灯正明
十五行月半，十六人完灯。"①
南柯一梦，在鱼龙之舞中，人世的
草蛇灰线，或是这一天的明亮

---

① 关于元宵节的童谣。

摩肩接踵，抵不过这簇拥的场景
聚、散，无非是两字
远离和回归，花灯骤亮迷住了人眼
但我们猜出那些谜了吗？有多少猜出
并不说出，比如休息也是疲顿的

流水不腐，到处都是这样的面容
去岁和今夕，无非
循环往复，像沉下了的劳作
良宵将尽，寒暑轮回，昼夜的尘埃间
伺立于它之间：蛋白质 75 千克。灵魂 21 克。我。

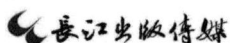

图书在版编目（CIP）数据

山水相对论 / 李郁葱著.-- 武汉：长江文艺出版
社，2020.12
ISBN 978-7-5702-1932-2

Ⅰ.①山… Ⅱ.①李… Ⅲ.①诗集－中国－当代
Ⅳ.①I227

中国版本图书馆 CIP 数据核字（2020）第 219720 号

责任编辑：胡　璇　　　　　　　责任校对：毛　娟
封面设计：源画设计　　　　　　责任印制：邱　莉　　王光兴

出版：　长江出版传媒　｜　长江文艺出版社

地址：武汉市雄楚大街 268 号　　　邮编：430070
发行：长江文艺出版社
http://www.cjlap.com
印刷：武汉市籍缘印刷厂

开本：880 毫米×1230 毫米　　1/32　　印张：8.5　　插页：4 页
版次：2020 年 12 月第 1 版　　　2020 年 12 月第 1 次印刷
行数：5680 行

定价：46.00 元